선우명수필선 ⑨

꿈꾸는 우체통

유혜자 수필선

선우미디어

음악의 숲과 내안의 뜰

"음악이 좋아서 외롭지 않아요…."

심야에 깨어있는 이들의 간곡한 편지는 타성으로 선곡하는 나를 신인PD시절로 되돌려 줬다. 좋은 음악을 찾느라 오랜 시간 레코드실에 머물게 하고 순수한 마음을 되찾게 했다.

막연하게 듣기 좋은 음악만 선곡하는 동안 숲에서는 나무를 못 보듯이 음악의 무지를 절감했다. 우선 친숙한 명곡부터 지식을 넓히면서 작품마다 녹아 있는 작곡가의 예술혼에 떠밀려 음악에세이를 쓰게 되었다.

70년대 초반부터 주로 써온 서정수필이 대부분 우리네 전통과 미의식을 담은 뒤란의 여유라면, 음악에세이들은 음악의 바다에서 건져올린 새로운 테마들이다. 2.3장에 서정수필을, 음악에세이는 1장에서 숲을 이루어 보았다.

1999년 초여름

초록 보리밭 *2.*

임진강가의 반보기 *3.*

1.

음악에세이

신록에 나부끼는 연가

재클린 뒤 프레(Jacqueline Du Pré)의 오래된 음반을 들으며, 첼로를 끼고 성큼성큼 걸어가던 그녀의 활기찬 모습을 떠올린다. 바쁜 연주여행에도 늘 푸른 눈매에 화사하게 웃음짓던 인상과, 출렁거리던 금발이 건강해 보이던 영상음반의 장면들.

소녀티를 갓 벗은 열여섯 살의 처녀가 런던무대에 데뷔했을 때, 연약하고 고운 여성연주를 짐작했던 음악인들은 진폭 넓게 휘두르는 그녀의 힘있고 당당한 연주에 넋을 잃었다. 이런 데뷔 연주의 성공으로 즉시 여기저기서 초청장이 날아들었다. 그 해에 유럽과 소련, 미국을 다니느라 무려 6천5백 킬로미터나 되는 연주여행 기록을 세우면서 경탄을 자아냈다.

미국에서 처음 뒤 프레의 연주를 들은 주빈 메타도 "이 소녀는 남성 다섯 사람이 연주하는 듯한 소리를 낸다. 한 소절이라도 오케스트라가 그녀의 첼로 소리를 능가할 수가 없다. 나는 완전히 기절초풍했다"고 했다.

이렇게 솟구치는 힘과 뛰어난 기량의 뒤 프레도 천재 피아니스트 다니엘 바렌보임(Daniel Barenboim, 1942~)

과 둘이 연주한 베토벤의 첼로 소나타 3번 A장조는 상냥하고 부드럽기 짝이 없다. 정열을 바탕으로 밝고 상냥한 음악을 연인끼리 연주했다는 선입견만으로도 화기애애한 분위기다.

뒤 프레와 바렌보임이 만나게 된 것은 아이러니컬하게도 음악 때문이 아니라 병 때문이었다. 충분히 천재들에게 걸맞게 이색적인 만남이었던 것이다. 바렌보임은 한때 선열병을 앓아서 문병 오는 친구들이 많았다. 통증을 들은 친구들은 한결같이 "자넨 뒤 프레에 비하면 가벼운 증세"라고 일축해 버리는 것이었다. 여러 친구에게서 같은 말을 듣고 호기심이 생긴 그는 뒤 프레의 전화번호를 알아내서 전화로만 증세에 대한 얘기를 나눴다. 여러 차례의 전화 통화로 친숙해진 그들은 어느 음악인의 집에서 처음 상면하자마자 '안녕'이란 인사 대신 즉흥적으로 브람스의 첼로소나타 듀오 연주를 해 보였다.

품성 좋고 서글서글한 영국 미인과 나이브한 바렌보임은 첫눈에 호감을 가진 데다 음악적인 공감으로 급속히 친해졌다. 함께 연주할 만한 악보 찾기에 급급했고 떨어지기 싫어서 6개월 뒤에는 결혼을 했다. 신부 뒤 프레는 음악보다도 인간적인 행복을 추구하여 악기의 노예가 되는 것이 싫다고 했다. 신랑도 그런 뒤 프레의 의도가 맘에 들어서 될 수 있는 대로 단독 연주여행은 삼가고 장기연주여행은 함께 하기로 했다.

첼로와 피아노에서 최고의 경지에 다다른 이가 함께

만난다는 것도 어려운 일. 게다가 베토벤의 창작의욕이 불타오르던 시기의 작품인 첼로소나타를 함께 연주했으니 그야말로 사랑의 절정에서 터뜨리는 생동감과 함께 윤기가 흐르는 것은 당연하다. 첫사랑의 풋풋함과 꿈결 같은 기쁨, 그리고 생명의 향유가 넘친다. 첼로의 멋스러움을 강조하는 듯한 늠름한 주제가 장대하게 시작되면 화려한 피아노가 융합되고, 첼로와 피아노가 흔들리는 잎사귀와 햇빛의 만남처럼 진행된다. 제3악장은 음악적으로도 '두 악기의 대위법을 이루면서 내놓는 우아하고 아름다운, 노래하는 듯한 선율'을 가지고 있다.

　이들의 듀오 연주 디스크는 별로 많지 않다. 결혼한 지 얼마 안되어 뒤 프레에게 다발성 경화증이라는 불치병 증세가 나타나 결혼 6년만에 은퇴 연주를 했기 때문이다. '놀라움과 기쁨을 준 음악가', '위대한 음악이 추구하고 있는 것을 유니크하게 성취시킨 음악가' 등 극찬을 뒤로 하고 무대를 떠나야 했다. 뒤 프레는 투병하면서도 한사코 이혼을 고집했다. 남편의 음악활동에 지장을 줄까 봐서 그의 곁을 떠나 휠체어로나마 활동할 수 있을 때까지 첼로 교본을 쓰고 세미나를 열어 후배를 지도했다. 완전히 거동이 불가능해진 투병 말기엔 자신의 연주음반을 들으며 한 소절 한 소절마다 얽힌 사랑의 기쁨을 되새겼다. 42살에 숨진 뒤 프레보다도 나는 더욱 오래 이 음반을 듣는 기쁨을 누린다. 사랑했기에 상대방을 자유스럽게 놓아준 것이 참된 사랑의 모습이 아닌가 소중히 여기면서.　　　　　　　(1996.)

콜럼버스의 바다, 드보르작의 바다

콜럼버스의 바다를 생각한다.

어린 시절 바닷가에서 수평선으로부터 서서히 부두로 다가오는 기선을 보면서 콜럼버스는 지구가 둥글다는 것을 깨달았다. 그래서 바다로 계속 나아가면 나타날 새로운 세계를 동경했다. 결국 콜럼버스가 발견한 '아메리카'의 바닷가에서 4백년 후, 뉴욕내셔널 음악원 원장 드보르작(Antorin Dvorak, 1841~1904)이 기선을 구경한다.

그가 미국 체재중 작곡한 「현악 4중주곡 F장조」, 일명 「아메리칸」은 망향서정이 물씬하고 보헤미아 요소가 담겨 있다.

3년전 체코의 수도 프라하 시내 관광을 잠깐 했다. 구 시청건물의 신비한 천문시계를 비롯, 많은 문화재가 중세의 향취를 풍겼고 첨탑들이 곳곳에 솟아 모래밭의 운모처럼 반짝였다. 민예품과 미술품이 즐비한 골목길을 지날 때 어느 집에서 흘러나오던 드보르작의 선율, 순간 드보르작도 이런 길을 산책했으리라고 짐작하며 관광객이 몰려가는 '칼 브리지'로 향했었다. 다리 위에서 블타바 강물을 내려다보며 '뉴욕에서 물결을 보던 드보르작은 어떤 생각을 했을까, 피압박 민족인 동포들의 서러움과 이방인의 고독이었을까' 헤아려 봤었다.

강의 잔물결 같은 바이올린 연주로 현악 4중주곡 「아메리칸」은 시작된다. 이국적인 주제가 1악장에서부터 향수에 젖게 한다. 2악장은 처음 들었을 때는 절절이 슬픔을 깔고 있어서 '봉선화' 같은 처량함을 느꼈었다.

드보르작은 뉴욕 음악원의 섭외를 처음 받았을 때에 좋은 조건임에도 선뜻 승낙하지 않았다. 그런데 재직 중이던 프라하 음악원에서 휴가가 결정되어 미국 체류를 작정했다. 향토와 민족을 사랑한 드보르작은 미국에 살면서 체코 이민들과 흑인들이 박해받는 것에 연민을 느낀다. 향수병에 걸린 드보르작은 미국의 체코 이민촌인 스필빌에 가서 묵으며 비로소 향수를 달래고 그들과 함께 슬픔을 나눌 만큼 여유를 갖게 된다.

풍부한 정서가 담긴 「현악 4중주곡」의 스케치를 사흘만에 완성할 수 있었던 것은 절절한 아픔이 가슴에 고여 있었기 때문이다. 흑인영가에 담긴 비애를 공감하고 체코적인 것과 융화시켜 아름다운 작품을 낳았다. 특히 2악장은 흑인영가풍의 애수가 슬프면서도 화려해서 눈시울을 적시게 한다. 드보르작의 연민을 모르는 친구들은 계속 미국적인 작품을 쓰도록 권했다. 미국을 찬양한 롱펠로우의 시로 오페라 작곡을 의뢰받았을 때 수락했더라면 미국 오페라의 아버지로 존경받고 평생 안락을 누렸을 것이다. 그러나 드보르작은 동포들의 고생을 보면서 자신만의 영달을 위한 일에 마음이 내키지 않았다. 3악장의 빠른 선율은 자연과 호흡하며 느끼는 기쁨을 담고 있다. 3,4악장이 아니라면 이 음악은 망향과 애수, 이런 힘없는 것으로 인상지어질 것이다. 그러나 경쾌하고 즐거운 3,4악장 때문에 기백과 약동하는 생명감을 느끼게 된다. 나아가 범세계적인 민족의식을 볼 수 있는 「신세계교향곡」과도 같은 매력이 있다.

스케일이 큰 민족주의자였던 드보르작, 그는 애국자이면서 자신의 음악을 체코 국민들과는 물론이고 세계의 사람들과 나누기를 원했다.

콜럼버스가 어딘가 미지의 세계가 있으리라고 동경하다가 발견한 아메리카, 그 아메리카에서 바다를 바라본 드보르작은 넓은 인간애와 잔물결 같은 인정이 넘쳐 있어서 세계인에게 잔잔한 파도처럼 기쁨을 안겨준다.

바다를 바라보며 망향의 마음을 달래려 했다기보다 체코 민족도 홀로가 아닌 세계와의 연대가 가능하다고 마음을 넓혔을 것이다. 콜럼버스가 바라보던 기선이나 드보르작이 보던 기선, 모두가 사람과 화물을 싣고 목적지로 흘러가고 또 정박하는 것이 아닌가.

기선의 항해는 바다가 있는 한 영원히 계속될 것이고, 콜럼버스와 드보르작의 신세계는 그 영원을 향하여 계속 열려 있어서 현대를 사는 우리도 「현악4중주곡」의 선율 속에서 출렁이며 흔들리며 항해를 계속한다. (1995.)

그대 음성에 내 마음 열리고

불빛이 은은하게 비치는 장막에 잠입한 삼손은 비단과 장식품 등 좋아보이는 것을 골라 자루에 집어 넣는다. 얇은 휘장 뒤에서 지켜보던 데릴라는 계획이 적중한 것 같아 회심의 미소를 짓는다. 거만하기 그지없던 삼손에게 다가가는 데릴라의 하얗게 드러난 어깨 아래로 잠자리 날개 같은 드레스 자락이 끌린다. 치밀하게 계산된 데릴라의 고혹적인 유혹에 삼손이 서서히 말려들어가던 영화의 장면들.

데릴라의 요부 연기가 인상에 남아 있던 어느 날 마리아 칼라스(Maria Callas, 1923~1977)의 음성으로 오페라 「삼손과 데릴라」에 나오는 아리아를 듣게 됐다. 데릴라가 삼손을 유혹할 때 부르는 '그대 음성에 내 마음 열리고'였다.

영화에서는 야한 듯한 장면이었는데 오페라의 아리아는 그윽하면서도 연연하다. 외국어 가사를 모르더라도 노래 전체의 흐름이 간절한 사랑을 호소하고 있음을 알 수 있다. 들을수록 거짓으로 꾸며서 연인을 유혹, 파멸시켜야 하는 자신의 처지를 슬퍼하는 듯 애잔하기도 하다. 강한 철성인 마리아 칼라스의, 다른 노래보다 낮은 발성인 메조소프라노 소리에 자력처럼 이끌린다.

그대 목소리에 내 마음 열리네
아침의 키스에 눈뜨는 것처럼 넓게
저를 기쁘게 하고 다시 눈물짓게 하지 않으시려면
변하지 않는 사랑을 맹세하서요(하략)

자력 같은 목소리와 이런 가사라면 신앙과 기도로 무장한 삼손이지만 어찌 마음을 열지 않았겠는가.
삼손의 기적 같은 힘의 비밀을 알아내는 일을 맡은 것은 데릴라의 용기였고, 새로운 위치를 얻으려는 도전이었다. 큰 상금으로 당당한 삶을 얻게 될 수 있으니까. 마리아 칼라스가 불우한 가정과 뚱뚱하다는 열등감에서 벗어나기 위해 뛰어난 오페라 가수가 되려고 작정했던 것처럼.
열정의 화신 데릴라는 역동적인 여성이었다. 타락하지 않겠다고 신께 서약한 삼손에게 신보다도 강한 것이 '사랑'이라고 다그쳐서 비밀을 캐내고 체포되게 한다. 그리고 드디어 블레셋의 왕들과 함께 제사에서 잔을 올릴 만큼 지위가 높아졌다.
마리아 칼라스도 천부적인 음성과 노력으로 15살에 고국 그리스의 아테네 극장에서 오페라 가수로 데뷔했다. 그 후 극적인 힘과 총명한 지력으로 이탈리아와 뉴욕에서 성공을 거뒀다. 한창 시절엔 신비하고도 매혹적인 노래로 청중을 도취시키고 권위와 긍지로 주위를 무릎꿇게 했다.

이렇듯이 두 여성은 야망은 달성했지만 참사랑의 실패자이기도 하다. 데릴라는 사랑한 삼손을 파멸시켜 신분상승에는 성공했으나, 다시 기적의 힘을 얻은 삼손이 신전의 기둥을 쓰러뜨릴 때 블레셋 사람들과 함께 깔려 죽는다. 마리아 칼라스도 오페라 가수로 자신을 성공시켜준 남편, 매년 생일이면 '당신은 나의 삶 전부'라며 머리맡에 써놓고 행복을 자랑하던 메네기니와의 12년 결혼 생활을 선박왕 오나시스와 만나자마자 미련없이 끝내 버렸다. 그러나 오나시스와의 힘겨운 교제로 결국 42살의 젊은 나이로 오페라 무대에서 은퇴하고, 12년 후엔 숨을 거둔다.

그러나 "인생은 짧고 예술은 길다"는 진부한 말을 그녀의 음반을 들으며 확인하는 기쁨을 누린다. 오페라 작곡자인 생상스가 데릴라에게 특별히 애정을 부여한 것처럼, 진실한 사랑이 배어나오는 아리아, 많은 성악가들이 취입했지만 나는 마리아 칼라스의 것을 좋아한다. 그녀의 안하무인이며 악녀적인 이미지가 데릴라와 어울리기 때문이다. 과장된 표현은 깨뜨리고 음악의 순수성과 내면에서 우러나오는 영혼의 노래를 부른다는 소신대로, 맡은 주인공의 진실에 다가간 것에 새삼 감탄한다.

'금빛소리를 가진 태풍'으로 헤밍웨이가 절찬할 정도로 청중을 사로잡은 마성, 신화창조의 비밀은 헌신과

정열이었을 것이다. 무대 은퇴 후, 줄리어드 음악원에
서 후배를 지도하며 "노래가 시작되기 전부터 청중에게
맡은 인물의 가슴에 흐르는 정감을 전해야 합니다. 호
흡하는 몸짓도 하나의 감정입니다"고 강조한 말도 그
비밀의 일부에 지나지 않을 것이다.

(1996.)

시원한 냉면과 파가니니

해마다 여름이면 붉은 깃발을 걸고 신장 개업한 냉면집을 찾아본다. 기대하며 달려가서 먹어보면 번번이 실망하면서도. 면이나 국물맛이 20년 동안 단골집에 미치지 못하는 걸 확인하는 결과밖엔 안된다.

얼마 전에 먼 거리에 있는 단골집에 근무시간에 택시를 타고 달려가기도 했다. 그 집에 들어서니 식탁 위에 놓인 냉면 대접만 봐도 땀이 식고 군침이 돌았다. 대접 바깥에 찬 김이 서려 있고 안에 굵은 모시올처럼 가뿐하게 틀어올린 면이 솟아 있었다. 그 위에 길쭉한 무김치와 수육, 아슬아슬하게 얹혀 있는 달걀이 서걱서걱한 얼음 육수에 굴러 떨어질 듯 했다.

식초와 겨자를 넣고 면을 풀어 휘휘 저을 때 코끝으로 산뜻하게 다가오던 내음, 면을 한 젓가락 입에 넣었을 때 매끄럽고 쫄깃한 맛에 미처 육수의 맛이 아쉽지가 않았다. 국수를 몇 젓가락 삼킨 다음 국물을 후루룩 들이켰을 때 사이다처럼 짜릿하던 맛, 입안엔 구수한 뒷맛이 남고 가슴은 서늘했다. 아! 그때서야 냉면을 무척 좋아하는 친구들 몇몇이 떠올랐다. 그 친구들과 함께 이 별미를 즐길 수 있다면 얼마나 좋을까.

가난한 슈베르트는 친구를 무척 좋아했다. 그래서 초인적인 재주를 가진 바이올린 연주자 파가니니(Niccolo Paganini, 1782~1840)에 매혹되어 친구들에게 입장권을 사주고 자신도 연주회에 매일 다니느라 호주머니에선 먼지만 날렸다.

같은 시대의 바이올리니스트는 물론 슈베르트까지 현혹시킨 파가니니의 연주가 음반 제조기술이 없던 때여서 전해오지 않는 것이 안타깝다. 그러나 그가 작곡한 바이올린 협주곡이나 카프리스의 악보를 후세 명인의 연주음반으로 들어보면서, 다른 작곡가의 작품과는 다르게 잘 뽑은 냉면발처럼 쫄깃한 매력을 느낄 수 있다. 마치 나의 단골 냉면집이 지금은 아들이 경영해서 돌아가신 아버지 때만은 못해도 다른 집의 것보다 훨씬 나은 것처럼.

음식 솜씨와 예술은 비교할 수 없는 것이지만, 어느 경지에 이르면 가능하지 않을까 생각해 본다. 파가니니는 '바이올린의 귀신'으로 불릴 만큼 독특한 마술적 기교를 지녔었다고 한다. 누구도 흉내낼 수 없는 기막힌 연주 솜씨 때문에 신비화된 얘기가 나돌았다. 연습하는 소리나 모습을 듣고 본 일이 없는데 무대에 서면 청중을 도취시키는 것에 사람들은 의심을 품었다. 그래서 악마에게 영혼을 팔아서 탁월한 연주기술을 얻어냈다는 루머가 퍼졌었다. 그만큼 숭고한 소리로 사람들의 넋을 흔들어놨다는 것이다.

 내가 다니던 냉면집의 짜릿한 국물맛과 쫄깃한 국수맛은 서울 장안의 어느 집도 따르지 못했다. 국물은 양지머리를 고아 끓인, 뒷맛이 담백한 육수와 동치미 국물의 배합이며, 메밀가루와 녹말가루를 섞은 반죽으로 국수를 뽑는다는 둥 방법은 대충 알려졌다. 그러나 그 맛은 아무도 따를 수 없어서 나쁜 소문이 돌기도 했다.

 남들이 잠든 사이에 국물을 만드니 무엇을 섞는지 알 수 없고 국수가 쫄깃한 이유는 양잿물을 약간 넣기 때문이라는 것이었다. 그 부친의 생존시만 해도, 밤새워 육수를 공들여 끓이고 정성으로 국수를 뽑는 법 등 뒷얘기는 알려지지 않았었다. 육수를 고아내는 가마솥 곁에서 수시로 기름을 걷어내고 불을 조절하며 지켜보다가, 깜빡 졸아서 맛이 덜한 날엔 자신도 굶고 장사도 하지 않았다고 한다.

 파가니니가 받은 어린 시절의 맹훈련이 최근 음악사가들의 연구로 밝혀졌듯이 냉면집 부친의 비법 아닌 비밀이 아들과의 인터뷰기사로 밝혀진 걸 읽었다

 어린 시절 파가니니는 하루 10여 시간이나 맹훈련을 받았고, 지키지 않은 날 그 아버지는 밥도 먹이지 않았다고 한다. 그런 훈련 덕분에 연주 중 현을 반음 올리거나 G선만을 반음 높게 하는 동작을 청중 모르게 재빨리 해낼 수 있었다. 그리고 줄을 왼손으로 튕기는 피치카토, 피리소리처럼 감미로운 소리를 내는 플래절렛, 여러 음을 한꺼번에 내는 자기만의 연주법을 창안해냈

던 것이다. 이 어려운 기술을 이미 어렸을 때 터득했기 때문에 성인이 되어서는 많은 연습이 불필요했다. 연주여행 때 그의 비법을 엿보려고 옆방에 투숙했던 사람들은 헛수고였다.

음식 만들기나 연주에는 천부의 재능과 함께 숙련된 손맛이 어우러져야 한다는 진실을 잊기가 쉽다. 그래서 명연주가나 장인이 그 비법을 전수해 주지 않았다는 누명을 쓴다. 단골 냉면집도 아들이 방법을 전수 받아 현대 시설까지 갖췄으나 그 맛은 부친 때만 못하다. 파가니니도 유일한 제자 시보리(Sivori)에게만 비법의 일부를 전해줬다. 분주한 연주여행 때문에 지속적인 교육은 못 시켰지만 자신이 창안한 연습방법으로 시보리의 테크닉을 1년도 안된 기간에 빨리 향상시킬 수 있었다. 그러나 아무도 파가니니만큼 훌륭한 연주를 하지 못했으며 오늘날 그의 악보를 비슷하게만 소화해 내는 몇몇 연주가가 있을 뿐이다.

그는 자신의 기량을 발휘할 만한 많은 작품을 썼으나 오늘날 전해오는 악보는 바이올린 협주곡 6곡과 전 24곡의 카프리스 뿐이다. 그중 「바이올린 협주곡 1번」은 "베토벤이나 브람스와 같은 정서적 깊이는 없으나 듣고 난 뒤에 일종의 시원함이 남는다"는 평가를 받았다.

쫄깃한 면과 육수의 조화로 이뤄지는 시원한 평양식 냉면. 오케스트라의 명쾌한 연주에 이어서, 비단 찢는 소리처럼 선명한 바이올린의 다채로운 독주를 받쳐주는 오케스트라 연주가 20분이나 되는 1악장. 마치 국수와 육수로 어우러지는 냉면처럼 맛있고 시원하다. 풍부한 서정으로 겨자처럼 쌉쌀하고 달콤한 2악장, 경쾌한 스타카토 기법으로 활기차며 화음이 뛰어난 마지막 악장.

후텁지근하고 불쾌지수 높은 계절에 밝고 현란한 파가니니의 바이올린 협주곡 1번이나 들어볼까?

(1996.)

사랑의 양면 '두 개의 초상'

　밀란 쿤데라의 『참을 수 없는 존재의 가벼움』에 나오는 네 주인공 중 프란츠는 음악을 좋아한다. 음악은 그를 고독에서 해방시켜 준다.

　"베토벤의 교향곡 제9번 「운명」, 바르토크의 「두 개의 피아노와 타악기를 위한 소나타」, 혹은 비틀즈의 노래에 우리는 쉽게 도취될 수 있다"는 구절을 보며 이름만 알고 있던 바르토크의 음악이 궁금했다.

　명성 높은 작가가 좋아하는 음악은 과연 어떤 것일까. 맑고 큰 눈, 단정한 외모에 의지가 강한 인상의 바르토크(Bëla Bartok, 1881~1945)는 헝가리 태생의 천재로 어려서부터 작곡가와 피아니스트로 활약했다. 그리고 헝가리 민요의 수집과 탐구, 서구적 음악기법의 연마로 민족적 정서를 융합시켜 세계성을 확보한 헝가리 국민음악을 정립했다. 현대 민족음악의 최고봉이요, 20세기 최고의 작곡가 중 한 사람으로 추앙받고 있다. 그러나 이런 화려한 칭송은 사후의 일이고, 그의 생애는 불운했다. 정세가 불안한 고국에서 화제작도 환영받지 못했고, 나치의 탄압으로 미국으로 망명해서도 가난과 실망 속에 백혈병으로 눈을 감았다.

이런 사전적인 생애를 떠올리며 문제의 음악 「두 개의 피아노와 타악기를 위한 소나타」를 들어봤다. 안정감 없는 리듬, 예측할 수 없는 강약과 연달아 등장하는 여러 가지 타악기 소리, 다양한 변화 때문에 잔잔하고 감미로운 선율을 선호하는 처지에서는 듣기가 버거웠다. 고독에서 해방시켰다는 소설 속 프란츠의 말이 공허하게만 생각됐다. 이 음악은 요즘에도 보기 드문 획기적인 발상과 작곡기법으로, 바르토크를 불멸의 위치에 올려놓은 걸작이라는데, 역작에 호응하지 못하는 인구가 더 많다면 예술가는 얼마나 실망하고 외로울까.

바르토크는 일찍이 크게 실망한 적이 있다. 20대에 바이올리니스트인 스테피 가이에르를 좋아하여 이상적인 여성으로 가꾸려고 애썼다. 자기가 권하는 책을 읽게 하고 사고방식도 자기를 따르게 했다. 완전무결과 정신적 순종을 요구했던 그는 결국 절교를 당했다고 한다. 이런 고리타분한 의식을 가진 이라서 쉽고 감미로운 음악이 없을 것으로 여겼는데 밀란 쿤데라로 하여 바르토크의 자료를 찾다가 새로운 사실을 알아냈다. 사랑한 스테피 가이에르에게 바쳤던 「바이올린 협주곡」이 그녀가 죽은 후 유품 속에서 발견됐다는 것이다. 연인이 기량을 마음껏 발휘할 수 있도록 바르토크가 정력을 기울였던 작품인데 연주는커녕 절교통고만 받았었다. 진심이나 작품의 진가가 무시당한 외로움은 얼마나 컸을까. 이 사실은 바르토크만이 알고 있던 비밀이었다.

얼마 후 실연의 충격에서 벗어난 바르토크는 자기가 사랑한 것은 가이에르가 아니라 어떤 환상이었음을 깨달았나 보다. 연인은 떠났지만 자신의 역작 바이올린 협주곡을 개작하여 빛을 보게 했다. 이기적인 사랑의 환상에서 벗어나서 개작한 작품의 표제가 바로 「두 개의 초상」이다.

제1악장은 바이올린 협주곡 1악장에 다소 손질을 해서 연인의 '이상화된 초상'을 나타냈다. 이것은 우아하고 황홀한 느낌까지 준다. 누구나 꿈꾸는 사랑의 이상을 음악적으로 표현했다. 2악장은 바이올린 협주곡과는 관계없이 그의 피아노곡 〈14바가텔〉 중 '나의 연인은 춤춘다'의 끝 곡으로 어두운 충격을 준다. 배신당한 아픔과 분노의 표현이라고나 할까.

바르토크의 초기작품 중 가장 아름다운 곡으로 평가받는 「두 개의 초상」은 사랑의 양면성을 음악으로 말하는 것 같다. 사랑의 밝음과 어둠, 행복과 미움이라고 해도 좋겠다. 음악적으로 두 악장이 같은 주제를 사용하면서도 전혀 다른 세계를 그렸다. "28세의 청년으로는 생각할 수 없을 만큼 원숙하며 콘트라스트의 아름다움이나 정교함이 훌륭하다"는 해설이다.

강한 자부심으로 일생 타협하지 않고 완벽을 추구한 이상주의자 바르토크. 그러나 「두 개의 초상」은 낭만적이고 인간적인 내음이 담겨서 바르토크 음악의 이해를 도울 것이다.

(1997.)

끝없는 동경과 서정

　고교 시절, 교실 뒷벽에는 음악가 초상화 복사본이 붙어 있었다. 실타래 같은 가발을 쓴 근엄한 바흐, 숙인 얼굴에 눈을 치켜뜨고 입은 굳게 다물어 날카롭기 그지없는 베토벤, 그에 비해 안경 쓴 슈베르트는 소박하고 온순해 보였다. 고개를 옆으로 돌린 그의 시선을 따라가 보면 교실 창 밑 화단에선 짙푸른 붓꽃 이파리가 너울거리고 있었다.

　어렸을 때 슈베르트는 작은 얼굴에 두터운 안경을 쓰고도 동무들과의 힘든 놀이에 절대로 빠지지 않았다. 넘어지고 다치기 일쑤여서 '안경 쓴 오리새끼'라는 별명으로 불렸다는 사실을 떠올리며 사진을 보면, 더욱 친근감이 들었다. 그때 음악 교과서에는 슈베르트의 「세레나데」와 「보리수」가 실렸었다. 때론 그가 사진에서 걸어나와 음악 선생님처럼 피아노를 치며 지도해줄 것처럼 여겨지기도 했었다.

　그러나 성장하여 「미완성교향곡」을 처음 들으면서 쉽고 밝은 가곡에서 느낀 것과는 다른 차원의 영혼을 짐작해보게 됐다. 그의 뛰어난 직감력과 무궁무진한 창

작력은 길을 가다가도, 혹은 친구와 대화 중에도 악상
이 떠올라 즉시 오선지에 옮기면 아름다운 가곡이 이뤄
졌다. 그래서 만든 가곡이 무려 6백여 곡, 밝고 쉬운
것들만 쉽게 따라 부르면서 붓꽃 이파리처럼 소박한 영
혼의 소유자로 여겼던 것을 수정해야 했다.

마이어호프라는 시인이 슈베르트의 재능을 아껴서
"교향곡이야말로 음악가의 생명"이라며 교향곡 작곡을
독려했다. 친구의 충고대로 영원히 사랑받을 교향곡을
쓰기로 결심한 슈베르트는 직전에 쓴 제7교향곡 악보
를 태워 버리고, 두문불출하며 제8교향곡 쓰기에 몰두
했다. 2악장까지 썼을 때 친구 시마운과 쇼버가 찾아왔
는데, 새로운 악보를 본 친구들은 놀라움을 금치 못했
다. 이전의 슈베르트 작품에서 듣지 못한 인간의 애환
과 눈시울을 뜨겁게 하는 신비로움을 느꼈다고 했다.

친구들의 극찬에 용기를 얻은 슈베르트는 3악장을
시작했다. 자신에게 "생명을 바쳐 불후의 교향곡을 쓰
라"고 한 마이어호프에게도 보일 욕심으로 3악장을 시
작한 것이다. 화려하고 경쾌한 선율로 처음은 잘 써내
려갔는데 중도에서 악상이 끊겨 버렸다. 초조하고 절망
한 그에게 들려온 소식은 뜻밖에도 마이어호프가 자살
했다는 것이었다. 친구가 창작의욕을 북돋워줬기에 열
정적으로 제8교향곡을 쓰고 있던 그는 "너의 죽음으로
인해 이 곡은 영원히 미완성으로 남아 있게 될 것이다"
라고 울부짖었다. 그래서 이 교향곡의 이름이 자연히
「미완성교향곡」으로 불리게 됐다. 당시 양식으로 4악

장이어야 할 교향곡이 2악장뿐이었기 때문이다.

왜 2악장까지만 썼는가에 대해서는 마이어호프의 자살 이외에도 여러 가지로 이유를 추측하고 있다. 원래 대작을 쓰는 데 익숙지 않았던 슈베르트는 부분적으로는 아름다워도 전체적으로 곡을 끌고 가는 힘이 약했다고 한다. 악상이 막혀서 중단했던 것을 다른 작품 쓰기에 몰두해서 잊어버렸으리라고 보는 견해도 있다.

1935년, 그의 조국인 오스트리아에서 제작한 영화 「미완성교향곡」에서는, 어느 귀족의 딸을 열렬히 사랑하면서 2악장까지 썼는데 3악장을 쓸 때 그녀가 부잣집으로 시집가버린 소식을 접하고는 붓을 꺾은 것으로 그려 놓았었다. 그러나 그것은 픽션에 지나지 않는다고 한다.

음악기법상 1,2악장이 모두 3박자인데, 이어질 3악장의 스케르초가 또한 3박자이므로 악상이 막혀 중단해 버릴 수밖에 없었으리라는 추측이 가장 설득력이 높다. 어떻든 슈베르트가 두 개의 악장에 이미 할 말을 다했기 때문에 천재다운 직감으로 절필했으리라는 설도 무시할 수 없다.

경위야 어떻든 이 곡은 정장에 다소 엄숙하게 경청해야 할 것 같은 다른 교향곡들에 비해, 소박하면서 다정하게 다가오는 것이 특색이다.

첼로와 콘트라베이스의 저음으로 안개 속처럼 은밀한 서두 부분. 나무가 빽빽한 산길에서 숨을 들이마셨을 때 스미던 풋풋한 산내음처럼 쏴아 하면서 부드러운 선율이 1악장 내내 계속된다.

2악장의 첫머리가 시작되면 여명의 어둠이 조금씩 걷히는 그윽한 공간에 놓이게 될 것이다. 눈시울이 뜨거워져서 지금껏 잘못 살아오지 않았는가 성찰해야 할 맑은 공간. 그러면서 '만약에'라는 어떤 가정법도 가능한 희망의 시간을 누리게 해준다.

슈베르트는 내성적이어서 자신의 운명을 활달하게 개척할 힘은 없었지만 항상 샘 솟는 악상으로 자신의 존재를 굳히고, 자신의 음악을 듣는 이들에게 잠들어 있던 서정을 되살려주었다. 「미완성교향곡」도 강한 멜로디로 충격을 주거나 선동하지 않으면서, 온화하고 다정하게 어떤 세계로 향하게 하는 부추김이 있다. 싱싱하기도 하고 때로는 격렬한 부분도 있지만 끝없는 동경과 절묘한 서정이 가슴에 절절이 파고든다.

슈베르트는 사설 초등학교 교장이었던 부친을 도와 보조교사로 3년간 일하다가 음악의 매력에 사로잡혀 퇴직해 버렸다. 직장도 없이 음악애호가 친구들과 어울리는 떠돌이 생활에 작곡만 했으니 빵 한 조각, 5선지 한 장 없던 때가 많았다. 그래도 요절할 것을 예감했던지 작곡에는 열성이었다.

섬세한 감성의 소유자로서 말재주도 없고 비사교적이어서 출판에도 소극적이었다. 가난하고 이성교제에도 실패하여 31세까지 사는 동안 결혼도 못했다. 그러나 좌절과 고통을 겪은 상처자국을 드러내지 않는 고운 심성이 많은 작품에서 느껴진다.

　로맨틱하고 시정 넘치는 「미완성교향곡」이 특히 그렇다. 2악장까지 다 듣고 나면 내밀한 안개 속을 벗어나서 청신한 나무들의 호흡과 풀잎새의 이슬이 영롱한 대지 앞에 서는 기분이다.

　짙은 안개 속에 잠겼다가 드러난, 새로운 풍경을 대하는 듯한 교향곡, 이 음악을 듣고 나면 가린 것 없는 생명의 본 모습을 볼 수 있는 힘이 생겨난다.

　"모든 사람의 영혼을 끝없는 사랑으로 휘어잡기 때문에, 그 어떤 사람도 감동하지 않을 수 없다. 온화하고 친근한 사랑의 말로 다정히 속삭인다. 이처럼 대중적 매력을 지닌 교향곡을 나는 일찍이 들은 적이 없다."는 브람스의 말을 인용하지 않더라도 너무나 친숙한 슈베르트의 체취를 「미완성교향곡」에서 느낄 수 있다.

　그런데 이 「미완성교향곡」이 슈베르트의 생전에는 한 번도 연주되지 못했다. 작곡 직후 음악협회 임원 휘텐브레너에게 우송했으나 2악장뿐이라 미완성품인 줄 알았던지 발표가 되지 않았다.

　슈베르트가 죽은 후, 요절한 것을 아쉬워한 후배가 유작을 찾던 중에 휘텐브레너의 집에서 「미완성교향곡」 악보를 찾아냈다. 그 해가 1865년으로 슈베르트가 사망한 지 37년 만의 일이었다. 악보가 발견되고도 6년 만에야 연주되어 환호를 받았다니 「미완성교향곡」이야말로 짙은 안개 속에 43년이나 묻혔던 셈이다.

(1997.)

위풍당당하게 나는 연처럼

태극마크가 선명한 방패연이 푸른 공간에 길을 내면
서 간다. 승승장구 무적의 장군처럼 기세 좋게 올라가
더니, 이번엔 물결이 넘실거리는 한강물과 둔치에 서
있는 고운 한복차림의 부자를 비춘다. 똑같이 입은 진
홍빛 저고리와 회색바지가 정겨워 보인다. 그러나 손에
든 연 모양은 따로따로다. 하얀 방패연을 든 아빠는 얼
레까지 쥐고 있는데, 얼굴이 빨개진 꼬마는 노란 가오
리연이 땅에 끌릴까 봐 추켜든 손을 호호 불고 있다.

앞서 장군처럼 치솟던 연이 한자리에서 가락에 맞추
듯 너울너울 춤추는 장면과 6각 얼레로 실을 퇴겼다
당겼다 하며 조종하는 손을 번갈아 클로즈업시켜준다.

하늘 높이 몸체를 흔들며 춤추는 연. 정월에 연날리
기는 새해의 찬미요, 신바람의 시작이 아닌가.

어렸을 때, 정월이면 바람이 차가운 벌판으로 연날리
기 구경을 자주 갔다. 바람에 맞춰 얼레의 실을 풀어주
면 하늘 높이 치솟던 연. 우러러보던 나도 덩달아 날개
가 돋는 듯했다. 어떤 땐 맞바람에 치솟았던 연머리가
곤두박질쳐서 땅바닥에 가까이 내려올 때 조마조마했

고, 다시 재빨리 연머리를 들어 하늘로 올리던 솜씨에 박수를 보내기도 했다.

텔레비전에서 신정특집 연날리기를 보니 볼이 시리고 추워도 가슴이 탁 트이던 그때가 떠오르는데, 화면에 갑자기 물고기가 헤엄치는 모습이 보이는 것이 아닌가. 자세히 보니 10여 명이 일렬로 서서 띄운 연이 푸른 바다를 헤엄치는 물고기들처럼 유연하게 움직인다.

여럿이서 하는 연싸움 놀이에서는 실이 튼튼해야 상대편의 연줄을 끊어 멀리 사라지게 하고 자신도 공중에서 오래 견딜 수 있다. 실에 유리가루를 입히고 우람한 크기의 연으로 동네아이들 틈에서 혼자만 높이 띄우던 친구 오빠의 연처럼 높이 치솟는 연이 있다. 좀전에 물고기처럼 헤엄치던 연무리 중에서 한 개가 떠오른다. 점점 땅에서 멀어지더니 햇빛이 반사되면서 현란한 빛을 내는 것 같다. 함께 뜨기 시작한 연들 중에서 우뚝 솟아 저 밑에서 다른 연들이 강풍에 떨어지고 다른 연줄과 얽히는 것쯤 아랑곳하지 않고 높이높이 떠 있다. 바람쯤 개의치 않고 위풍당당한 것을 보니 아무 연관도 없는 모차르트의 「쥬피터 교향곡」이 떠오른다.

세밑의 묵은 피로가 덜 풀린 채 새해를 맞았을 때, 건강한 힘을 줄 것 같아 자주 듣는 음악이다. 추위로 언 손을 녹일 만한 온기도 없이 고생하면서도 화려하고 힘찬 곡을 써낸 모차르트. 초기의 작품들이야 신동으로 가는 곳마다 찬사를 받았기에 쓰는 작품들도 상승효과로 밝은 것이 당연하다. 그러나 실연의 아픔과 어머니

의 죽음 등 인간의 고뇌를 겪기 시작한 시기의 작품들
도 우수의 그림자가 없이 화려하다.

 만년인 32살, 「쥬피터 교향곡」을 쓸 때는 특히 어렵
던 시기였다. 자유로운 예술가의 길을 걸으려고 찾은
빈에서의 생활 10년은 줄이 끊어진 연처럼 불안정했
고, 평온을 되찾기 위한 비극적인 고투로 보냈다고 한
다. 그의 오페라 작품 공연은 대만원이었지만 저작권법
이 없던 때여서 작곡가에겐 경제적인 도움이 안되었다.

 화면을 보니 푸른 하늘에 두둥실 떠 있는 연이 여유
롭게 시를 쓰고 있다. 「쥬피터 교향곡」도 아름다운 시
정이 풍부하고 조형적인 구성미와 함께 다이내미즘의
기복이 심한 음악이다.

 환경과는 관계없이 선천적인 밝은 성격의 작곡가와
화려한 음악, 사람도 허허로운 공간에 놓인 연처럼 어
느 단계에 이르면 해탈의 경지처럼 여유가 생길까. 돈
벌이엔 관심이 없고 창작에만 몰두하여 밝고 아름다운
음악을 낳은 모차르트의 교향곡을 플레이어에 걸었다.

 높이높이 뜬 연도 여러 신 중의 왕인 쥬피터처럼 승
리의 찬가를 울리고 있는 듯하다. 안단테 칸타빌레의
가락에 맞추듯이 몸체를 한자리에서 흔들고만 있다.

 새해 연휴에 신나는 연날리기도 감상하고 활기로운
쥬피터까지 듣고 있으니 올해는 '뜻한 대로 주욱죽 잘
풀리라'는 덕담을 들은 것같이 모든 일이 순조로울 것
만 같다.

(1997.)

어둠에서 빛으로

벨기에 브뤼셀 미술관 1886년 겨울, 깜깜한 암흑 속에서 연주회는 계속되었다. 실내는 옆사람의 얼굴도 알아볼 수 없을 만큼 어두워졌는데 무대 쪽에서 활로 탁탁! 보면대를 치는 소리와 함께 "계속합시다. 계속해요"라고 말하는 소리가 들려왔다. 곧바로 신들린 듯한 바이올린과 미풍처럼 부드러운 피아노 연주가 이어졌다.

깜깜한 데서도 완벽하게 연주된 프랑크의 「바이올린 소나타 A장조」는 청중을 꼼짝도 못하게 사로잡았다. 몸은 어둠 속에 있어도 마음은 빛이 있는 곳으로 열어졌음에 틀림없다.

이 비유가 적절할지 모르겠지만 명필 한석봉의 일화가 떠오른다. 오랜 수련 끝에 귀향한 한석봉과 그 어머니가 불을 끄고 각각 글씨쓰기와 떡썰기를 시험한 얘기. 불을 켜고 보니 한 획도 빗나가지 않은 힘있고 아름다운 글씨와 고르게 썬 떡으로 듣는 이를 감탄시킨, 익히 아는 내용이다.

일평생 떡을 썰고, 오랜 공부 끝에 놀라운 솜씨를 보였듯이 어느 분야에서나 높은 경지에 이르면 감동을 자

아내는가 보다. 프랑크(César Auguste Franck, 1822~1890)
의 제자 댕디가 이 바이올린 소나타의 초연 실황을 "실
로 기적 같은 시간이었다"고 회고한 말이 억지가 아니
었다. 세상에서 진가를 인정받지 못하는 스승의 작품
초연 장소가 깜깜해져서 조마조마하던 댕디는 긴장으로
손에 땀을 쥐었다. 그러나 신비스러운 광기의 연주를
듣고 가슴속에 빛나는 별이 솟는 것을 느꼈으리라.

　프랑크는 벨기에 태생으로 젊은 시절 프랑스에 진출
하여 활동한 작곡가이다. 그가 64세라는 늦은 나이에
쓴 유일한 바이올린 소나타를, 벨기에 태생의 동향 후
배 바이올리니스트 이자이(Eugéne Ysaye, 1858~1931)
에게 결혼선물로 주었다. 이 작품을 선물로 받은 이자
이는 너무도 감격했다. 아름답고 고고한 향훈이 담긴
음악이어서 "이렇게 놀라운 결혼 선물을 받아본 사람은
아무도 없을 것이다"면서 석달 동안 쉬지 않고 연습을
했다.

　이 기막힌 결혼선물의 초연은 벨기에 미술관에서 오
후 세 시부터 시작되는 연주회의 후반 순서에 있었다.
그런데 앞의 연주자들이 시간을 지연시켜서 프랑크의
작품 연주 차례에는 악보를 읽을 수 없을 만큼 어둑어
둑해졌었다. 그림이 전시된 미술관에서는 불을 켜면 안
되는 규칙이 있어서, 2악장을 마쳤을 때 실내는 지척도
분간이 안될 만큼 어두워졌다. 그때 노련한 연주자 이
자이는 망설이는 피아니스트를 격려해서 빈틈없는 연주

를 해냈던 것이다.

미흡·절망·불신, 이런 부정적인 어휘마저 완벽하게 흡수한 어둠은 오히려 신비스러운 빛을 낳았다. 작품은 어둠 속에서 연주됐지만 프랑크의 어두운 시절은 이것으로 마감됐으니.

우수가 깔린 고고함과 환상적인 아름다움이 담긴 1악장, 정열과 명상적인 시정의 2악장, 3악장의 감미로운 서정과 맑고 아름다운 4악장까지. 이 「바이올린 소나타」는 높은 예술성으로 손닿을 수 없는 꼭두에서 멀리까지 미치는 등불 같은 존재이다. 어둠 속에 묻힌 진주의 진가를 알리기 위해 이자이는 초연의 성공 이래 각지에서 연주하여 절찬을 받았다.

프랑크는 청년시절엔 인정받지 못한 작곡가로서 꾸준히 노력한 대기만성형으로 전해온다. 어릴 때부터 뛰어난 연주가로 출발, 20세 무렵부터 작곡도 했으나 호응을 못 얻었다. 교회의 뛰어난 오르가니스트로만 주목을 받다가 이 「바이올린 소나타」로 탄탄한 작곡가로 알려지게 되었다.

그러나 프랑크는 자신의 「바이올린 소나타」가 베토벤의 걸작과 함께 좋은 평가를 받게 된 사실은 모른 채 세상을 떠났다고 한다. 프랑크의 생존 당시는 호화판 오페라나 살롱 위주의 음악을 선호하는 경향이어서 내면의 성실한 결정체를 승화시킨 순수 음악예술이 외면당했다고 한다.

탄생과 성장 그리고 고독, 죽음 등 온갖 의미가 응결

되어 있는 어둠, 안일한 성공과 달콤한 기쁨보다는 좌절의 어둠 속에서 이룩한 위대한 창조물에 우리는 더욱 감동한다. 환희와 비애가 교차되는 어둠과 빛.

롤랑 마뉘엘은 "격조 높은 품격에서 빚어진 그 비창의 정감을 초월해서 맑고 높은 봉우리로 치솟아 오를 때 감히 누가 그를 따를 수 있을까"라고 하며 이 작품은 "바로 그 맑고 드높은 봉우리에서 승화된 절품"이라고 극찬했다.

이런 찬사를 상기하지 않더라도, 이 작품을 들으며 저마다의 어두운 터널 속에서 빛살을 찾을 수만 있다면 얼마나 좋을까.

(1997.)

키예프의 큰 문

　무소르그스키의 「전람회의 그림」은 제목이 특이해서 쉽게 떠오르는 음악이다. 가끔 방송에서 흘러나오면 그 그림들은 인쇄화로 친숙한 19세기의 정물화나 풍경화려니 짐작했었다.

　어느 날 이 웅대한 인상의 음반을 찾아 들으면서 도대체 어떤 그림들이 작곡가의 마음을 움직였을까 궁금해지는 것이었다. 해설집을 구해서 펼치니 화가이자 건축가인 하르트만의 수채화, 건축 설계도, 기물 디자인 등 10 작품을 소재로 작곡한 10개의 모음곡이었다. 「고성」, 「튀일르의 정원」, 「비들로」, 「폴란드의 우차」, 「달걀껍질을 단 병아리」 등 동화와 전설 어린 듯한 제목이 주욱 열거돼 있는데, 마지막 악장 '키예프의 큰문' 이라는 제목에 눈이 끌렸다. 그것은 보통 회화가 아닌 큰 문의 설계도로 3층이나 되는 종루에 끝이 뾰족한 러시아식 지붕의 웅장한 규모여서 설계도가 6장이나 되는 것이었다.

　그런 규모를 묘사했다는 사실을 알고 음악을 들어보니 더욱 장대한 느낌이 들었다. 그토록 큰 문은 도대체 어떤 배경으로 세운 것이었을까.

당시 러시아의 황제 알렉산드로 2세에겐 목숨을 잃을 뻔한 암살사건이 있었다고 한다. 다행히도 미수로 그쳐 황제는 무사했고, 그 무사함을 축하하기 위해 키예프 시에 기념문을 세울 계획이었다. 이 뜻 있는 문의 설계를 무소르그스키의 친구인 하르트만이 맡았었다.

무소르그스키는 하르트만을 누구보다도 자기 음악의 이해자로 여겼고 예술 활동의 동반자로 의지하고 있었다. 그런 그가 젊은 나이에 심장마비로 갑자기 세상을 떠나자 상심하고 슬픔에 빠졌었다. 친구는 가고 없는데 그의 분신인 유작 전시회에 가서 작품들을 보면서 온갖 감회를 누를 수가 없었다. 심혈을 기울인 작품들을 인상 깊이 새겨 애도의 뜻으로 이 음악을 만들었던 것이다.

특히 「키예프의 큰 문」은 서사시적인 장대함을 맘껏 과시한 작품이다. 오늘날 우리가 듣는 이 음악은 원래 피아노곡이던 것을 라벨이 관현악곡으로 편곡한 것이다. 라벨은 큰 규모의 문을 묘사한 무소르그스키의 원뜻을 살려 트럼펫 3대의 당당한 연주인 프롬나드로 시작을 했다. 이어서 사원의 종소리와 서두에 나왔던 화려한 선율이 클라이맥스를 이루면서 힘차게 끝을 맺는다.

실제로 키예프의 큰 문은 계획이 취소되어 건축되지 않았다고 한다. 그러나 음악은 장대한 문처럼 듣는 이를 압도한다.

문이라는 것, 새로운 세계에 대한 동경이 있을 때 그 사이에는 보이지 않는 문이 존재한다. 수많은 문을 통과해야 다다를 수 있는 세계, 도중에 닫혀진 문이 가로막혀 있을 때는 좌절하게도 된다.

무소르그스키가 「키예프의 큰 문」을 마지막 악장으로 한 것은 자신 앞에 모든 문들이 잠겨져 있는 절망감에서 비롯된 것은 아니었을까.

무소르그스키는 귀족이며 대지주 집안 출신으로 일찍이 음악 공부를 시작했고, 천재성을 인정받았다. 성장해서는 출세의 지름길인 육군사관학교로 진학해서 졸업 후 기병연대에 들어갔다. 거기서 선배 음악가인 보로딘을 만나, 발라키레프를 소개받아 작곡 지도도 받고, 그들과 함께 러시아 음악계를 주도한 막강한 '러시아 국민음악 5인조'의 멤버가 되었다. 짧은 군 복무를 끝내고 소망하던 작곡에 전념하기까지 그의 앞에 막힌 문들이 차례로 스르륵 열리는 순조로움의 연속이었다.

그러나 그는 어릴 때부터 민중과 농민에 대한 애정이 깊었다. 그래서 러시아를 뒤흔든 보수와 진보 두 사상의 대립 투쟁을 담은 예술관과 세계관이 자리잡고 있었다. 지배 권력의 횡포에 대한 분노로 날카로운 풍자의 가곡들을 많이 썼다. 특히 사후에 음악사상 높은 평가가 내려진 「보리스 고두노프」는 사회적 가극인데, 「전람회의 그림」보다 5~6년 앞서 작곡했었다. 등장인물의 리얼한 성격과 표현, 신선한 선율과 화성 등 새로운 타입의 오페라로 청년들에게 지지를 얻었다. 그러나 내용 때문에 상류계급의 적대감을 샀다. 두 번이나 고쳐 쓴 뒤 작곡 6년만에야 겨우 극장에서 공연되기까지, 그는 굳게 닫힌 문 앞에서 괴롭게 두드리지 않았을까.

순수하고 신념에 찬 그는 '러시아 5인조' 동료인 큐이의 악평이 견디기 어려웠다. 게다가 시대적으로 그가 살았던 1870년대의 러시아는 60년대에 싹텄던 민족주의가 탄압을 받아 우울감에 빠졌었다.

답답하게 닫힌 문 앞에서 그는 명작을 써서 기쁨의 실체를 찾고 생동감과 활력을 얻으려고 무진 애를 썼으리라. 친구의 유작 전시회를 다녀오자마자 착수하여 모음곡 「전람회의 그림」을 3주도 안되어 완성한 것으로도 미루어 짐작할 수 있다.

역작에 대한 평가도 못 받고 힘든 시대에 살 때 문을 함께 열어주던 동료도 잃고, 이런 열세에 작곡한 「전람회의 그림」인데도 높은 기세가 느껴진다. 그의 높은 예술혼은 죽지 않았던 것이었다. 그런데 이 곡도 생존 시에는 한번도 연주된 일이 없다고 한다. 어떻든 힘차고 웅대함 때문에 이 음악이 친구에 대한 애도에서 비롯된 것임을 잊게 한다.

몇몇 다른 친구들의 원조로 근근히 연명하면서도 '온몸을 인류를 위해 바치는 것을 바야흐로 예술이 요구하고 있다'고 친구에게 편지할 정도로 의지에 차 있었다. 그러나 이 말을 써보낸 다음 해 42세의 나이로 숨을 거뒀다.

그는 사명감에 불탔으나 두드렸던 이상적인 예술세

계로의 큰 문이 잠궈진 듯, 생존시에는 작품들이 인정을 못 받았다. 사후에도 이를 애석히 여긴 친구 림스키 코르사코프가 미완성의 오페라 등을 보충해 발표하기도 했으나 러시아에선 몇 년 안 가서 그 이름이 잊혀진 존재였다고 한다.

그러나 닫혀 있던 큰 문, 그것은 그를 가로막은 것이었지만 새로운 세상으로 통하게 하는 가능성은 있었다. 후일 프랑스의 드뷔시 등 음악가에게 큰 영향을 주어 숨을 거둔 40년 후에야 진가가 밝혀졌다. 러시아를 비롯해서 세계적으로, 음악의 리얼리즘을 확립한 선구자로 평가되기 시작했던 것이다.

나는 때때로 CD플레이어에 「키예프의 큰 문」 커트를 맞춰 틀어놓고 내게 막혀 있던 문들을 생각해 보느라면 5분짜리 이 음악이 먼저 끝나버리곤 한다.

(1999.)

오르페우스의 두 시선

그리스의 신화 「오르페우스와 유리디체」의 비극은 사람의 마음을 안타깝게 한다. 오르페우스가 죽은 아내 유리디체를 못 잊어 리라 연주로 슬픔을 달래자, 기막힌 연주솜씨에 반한 신이 오르페우스에게 저승으로 가서 아내를 데려오라고 한다. 단 세상으로 나오기까지는 어떤 일이 있어도 아내의 얼굴을 쳐다봐서는 안된다는 조건으로.

온갖 역경 끝에 오르페우스는 그리운 아내를 만났는데 경고대로 아내의 얼굴에 시선을 안 준다. 속 모르는 유리디체의 불평을 무시하고 걸어서 저승을 벗어나려는데, 아내가 바위에서 미끄러지는 것이 아닌가. 놀라서 뒤돌아본 순간 유리디체는 다시 저승으로 떨어지고 절망한 오르페우스가 따라서 자살해 버리는 비극이다.

인간의 마음을 통제하는 능력을 시험받은 얘기로만 밀쳐두기엔 너무나 안타까운 결말이다. 조금만 더 참았더라면…. 돌아볼 수밖에 없는 절박한 순간인데 가혹한 결말이라니. 끝까지 인내하지 못한 오르페우스에게서 인간의 한계를 볼 수 있고, 짧은 절대절명의 사랑이 한

스럽기도 했다.

어쩔 수 없는 여건에서 일어났던 비극을 약한 의지 탓이라고 원망할까. 그런 한편으로는 세상일을 자유자재로 주재하는 신이라면 금기를 범했을지라도 한번쯤 용서할 수는 없었을까 하는 아쉬움이 들기도 했었다.

그런데 어느 날 이 비극적인 신화의 결말을 내가 원하는 방향으로 돌려놓은 작품을 발견하고는 기쁨을 누를 수가 없었다. 오르페우스가 돌아보자 경고대로 유리디체가 저승으로 떨어져 버린 후 오르페우스는 자신도 저승으로 따라가려고 한다. 그때 사랑의 여신이 나타나 지극한 사랑에 감탄했다면서 아내 유리디체를 다시 데려온다. 그들이 사랑의 신전에서 감사와 사랑의 찬가를 부르게 하는 결말로 고쳐 쓴 작품이다.

신화에서 오르페우스는 리라의 명인인데 여기서는 가창력이 뛰어난 가수로 바뀌고, 음악의 위대함과 함께 인간 정신이 도달할 수 있는 용기와 노력의 본보기를 보여주고 있다.

신화에서 오르페우스가 유리디체를 돌아본 시선이 소멸이고 절망이라면, 고쳐 쓴 작품에서의 시선 속엔 절망 뒤에 회생을 가능케 한 위대한 힘이 숨어 있었다.

18세기의 작곡가 글룩(Christoph Willibald Gluck, 1714~1787)이 오르페우스에게 회생의 시선을 마련해 준 장본인이다. 오페라 작곡에 앞서 친구와 신화로 대본을 만들면서 해피 엔딩으로 바꾼 것이다.

저승이라든가 악령 등 복잡하고도 방대한 무대장치

가 요구되고, 공연에 난관이 많아선지 우리 나라에서는 아직 공연된 적이 없어서 아쉽다.

1989년, 굴룩 탄생 275주년 기념으로 동독 방송과 오스트리아 방송협회가 공동 제작한 비디오 오페라를 본 일이 있다. 음침하고 무서운 악령들이 득실거리는 저승, 오르페우스가 아름다운 노래의 힘으로 저승의 왕을 감동시켜, 드디어 저승문을 열라고 할 때는 박수라도 치고 싶었다. 그리워하던 유리디체를 만난 오르페우스가 소름 끼치는 저승을 빠져나와 장면이 바뀌었을 때는 너무나 눈이 부시어 갑자기 다른 비디오 화면이 나오는가 의심을 했다. 투명한 날개옷을 걸친 예쁜 정령들이 역시 투명한 풍선을 들고 투명한 숄을 늘어뜨린 남성들과 춤추는데, 그 선율은 너무나 귀에 익은 감미로운 음악이 아닌가. 「정령의 춤」, 그 유명한 곡이 이 오페라에 나온다는 사실을 그때서야 알았다.

글룩은 오페라 역사상, 극의 진행과 음악을 밀착시켜서 재미와 박력을 겸비한 「오르페우스와 유리디체」로 오페라의 수준을 높인 개척자로 평가받는다. 그런 음악 사적인 공적이 아니더라도 신화의 비극적인 결말을 해피엔딩으로 만들어준 것과, 감미로운 「정령의 춤」만으로도 얼마나 친근감이 드는지 모른다.

공연히 불안감이 들 때면, 오르페우스가 어려운 한 고비를 넘기고 났을 때 축가처럼 들려온 밝고 아름다운 선율 「정령의 춤」을 들으며 나도 안도의 숨을 내쉰다. (1996.)

바다는 바다를 낳고

　친구에게서 '메트로 폴리탄 미술박물관' 발행의 모네 그림 주소록을 선물 받았다. 초록빛 바다에 하얀 돛단배들이 떠 있는 「생타드레세의 보트대회」 그림의 표지가 보기에도 시원하다. 두꺼운 표지를 넘기면 알파벳 순서마다 「수련」, 「몽소공원」, 「사과와 포도」 등 명화가 한 장씩 선명한 빛깔로 인쇄되어 있다.

　책상머리에 놓고 가끔 들춰보고 있어서 표지그림 「생타드레세의 보트대회」는 아주 눈에 익어버렸다. 엷은 청색과 연록색 바탕에 진초록빛 물감으로 듬성듬성 붓자국을 내어 물결을 묘사한 바다, 바다 뒤편에 하얀 돛을 활짝 편 보트들이 정박해 있고, 왼쪽 해안에는 작은 마을이 한가롭다. 모래톱에 보트대회를 구경하려고 나온 사람들이 서성거리고 있어서 이제 막 시작될 보트대회를 기대해 보게도 된다. 선이 굵고 간결한 터치가 긴장감을 주지 않고 상쾌하다.

　평범한 사람들은 이런 좋은 그림을 보면 현지에 한 번 가보고 싶은 욕구와 아름다운 감흥만 조금 일어날 뿐인데 천재는 천재를 알아보는지, 모네의 그림들에서 영감을 얻은 음악가가 있다.

인상파 화가의 한 사람인 모네(Claude Monet 1840-1926)는 섬세하게 사실적으로 그리지 않고 애매모호한 인상만을 그렸다고 해서 당시 화단에서는 무의미한 화풍이라고 무시를 당했고 일반인들한테도 조롱을 당했다고 한다.

그러나 드뷔시(Claude Achille Debussy 1862-1918)는 인상파 화가들과 친하게 교유하면서 그 그림들을 영감의 원천으로 삼았다. 드뷔시 작품중 최대의 관현악인 「바다」도 그 중의 하나여서 모네의 그림을 보면 생각나서 자주 들으려고 한다.

드뷔시는 파리 근교의 도시 생 제르맹 앙레에서 태어났다. 어렸을 때 칸의 고모 댁에 가서 바다를 본 뒤로 바다의 매력에 이끌려 열정적으로 바다를 좋아했고 성인이 되어 「바다」라는 제목의 교향시를 작곡했다.

바닷가에서 태어났거나 바닷가에 안 가본 사람이라도 저마다 떠올려 보는 환상으로 바다는 변화무쌍한 존재이리라. 몽상에 잠기기 좋아하는 이에게 바다는 한없이 넓은 창조의 공간이기도 하다.

드뷔시는 기존의 것을 무너뜨리면서 새로이 태어나는 파도를 보며 새로운 것을 추구하고 창의력을 키웠을까. 그래서 남들이 백안시한 인상파 그림을 인정하고, 음악에도 전통양식에서 벗어나 인상파 회화의 수법을 도입하여 현대음악의 문을 열었다. 그리고 새로운 음계를 창안해서 대담한 화성으로 색채와 빛을 중시하는 음악을 완성했다고 한다.

그러나 작품을 발표했던 당시의 반응은 어떠했을까. 리드미컬한 템포와 감미로운 멜로디에 익숙했던 사람들은 새로운 것을 시도한 난해한 음악을 외면했을 것이다. 현대인의 입장에서도 교향시「바다」를 처음 들었을 때는 당황하여 해설을 애써 구해 읽었다. 인상주의 음악을 대표하는 걸작이란 말은 반가웠지만, '음악에 의한 심상(心像)화', "바다의 단순한 묘사가 아니고 마음에 투영된 바다의 움직임을 풍부한 표현력으로 묘사했다"는 내용대목에선 깊이 음미해야 될 음악같았다.

지금은 얼마만큼 익숙해져서「바다」를 들을 때면, 드뷔시가「바다」를 작곡하는 동안 겪었다는 사랑의 열병을 떠올리기도 한다. 돈많은 유부녀 엠마와 사랑의 도피행각으로 아내는 자살소동을 일으켰고, 주변의 공격과 비난 때문에 드뷔시는 사면초가였다. 그럴수록 음악 속으로 몰입했었다는 드뷔시. 잔잔한 듯해도 파도의 정열을 담고 있는 바다처럼 드뷔시도 파도를 품은 가슴의 소유자였나보다. 이전의 나를 헐어내며 일으키는 파도, 기존의 나를 완전히 깨뜨리며 내어놓음으로써 헌신하려는 파도. 한때의 밀회나 진정한 사랑, 어느 것이나 바다에 있어서 파도와 같은 것.

그가 교향시「바다」의 각 악장마다 붙인 표제를 보며 그런 연관성을 생각해본 일도 있다. 마법에 걸린 듯 신비로운 바다가 깨어나서 생기찬 한낮의 밝은 바다로 변화하기까지를 그린 1악장 '새벽부터 한낮까지', 다채로운 빛깔의 파도가 움직이는 환상의 세계인 2악장 '파도의 유희', 3악장은 거친 돌풍과 파도가 눈에 선한 '바람과 바다의 대화'이다.

그러나 막상 음악을 다 듣고 나면 밀회나 정열, 이런 것에 국한시키는 대신 전체적으로 거대한 바다의 힘과 환상적인 아름다움이 연상된다. 그리고 영롱한 하프소리와 각종 관악기가 인상적인 조화로 구성된 매력도 느낄 수 있다.

파도는 바다의 유희, 그것은 바람의 조화이지만 어느 위대한 힘과 함께 무(無)에서 유(有)를 만들어가는 창조의 역사이다. 또한 파도는 경건하고 엄숙한 바다의 영혼 속에 숨어 있는 재채기이기도 하다.

「바다」를 들으면 파도가 또 다른 파도를 부르듯 인상파 미술이 인상파 음악을 부른 것같다. 나같은 평범한 사람이 확산되는 예술세계를 보는 것같아 뿌듯한 감회를 갖는다. 영원한 바다, 태고적부터 오늘까지 우주와 맞닿은 수평선, 또 반대편 끝에서 이쪽 끝에 이르기까지 영겁의 시간과 공간을 하나로 이어주는 것도 알고 보면 파도가 또 다른 파도를 부르는 힘이 아닐까.

드뷔시의 바다를 들으면서 어느 이름없는 예술가는 또 어떤 작품을 낳을지도 모르겠다. 그래서 예술은 영원한 것이다. 어제의 파도가 오늘의 파도가 아니듯이 끊임없이 일어나면서 바다는 또 새로운 바다를 낳고…. (1997.)

2.

초록 보리밭

봄의 길목

부리도 길지 않은 새가 나루터에서 마른 갈대를 쪼아대고 있었다. 지난 겨울의 낡은 꿈자리가 펼쳐진 갈대밭. 뾰족한 부리가 닿기만 해도 부숴지거나 꺾일 것 같이 마른 풀잎이었지만, 겨울 강 깊숙이 뿌리내린 줄기로 핏줄이라도 통하는 듯이 유연하게 흔들리기만 할 뿐이었다.

겨울의 수렁 속을 헤어나온 새가 잿빛 강물을 찍어내려는 듯이 낮게 드리워 배회하는 나루터에서, 눈이 부석부석한 사공은 어린 아들과 함께 나루를 건너갈 손님을 기다리고 있었다.

강물 저쪽 마을에서 햇나물을 팔러 왔던 아주머니들은 물건값을 잘 받아 제수용품과 어른들께 드릴 박하사탕, 아이들 것도 산 다음 다시 배를 탔다. 무엇보다도 입학할 딸아이가 새고무신을 받고 기뻐할 생각에 뱃길이 더디다고 여길 만큼 나룻배는 병풍같이 이어진 산을 배경으로 넘실거리며 흘러갔었다.

도회의 길목에서 철을 앞당겨온 봄나물과 버들강아지를 보며, 지금은 든든한 다리가 놓였다는 고향의 나루터를 생각해본다.

문명의 해독에서 벗어나려는 도회인들이 춘곤(春困)을 막아보려고 생수를 찾고 신선한 채소를 탐해보지만, 어릴 때 나루를 건너오던 아주머니의 바구니에 담긴 것처럼 싱싱한 것을 어찌 기대할 것인가.

각박한 현대생활에서 상처입은 이들이 계절이 바뀔 때마다 새로운 변화의 계기를 삼으려고 한다. 저마다 다른 삶을 시도해보지만 점점 어떤 울안에 자신을 가두고 마는지도 모르겠다.

강물 저쪽 마을사람들이 이쪽 도회에서의 삶을 꿈꾸며 가꿔온 푸성귀와 곡식, 이쪽 도회사람들의 얄팍한 속셈과 눈가림으로 만들어진 물건들로 봄날 장터는 흥청거렸다. 겨우내 안 보이던 걸인노인이 장터 양지쪽에서 김이 무럭무럭 나는 국밥을 먹고 나선 낡은 옷가지를 하나씩 팽개쳐버리고 어디론가 떠나버리던 모습이 생각난다. 그 노인처럼 낡은 것을 하나씩 하나씩 버리고 허망한 집착에서 벗어나서 자유롭고 담담하게 자신을 바라보고 싶다.

장터에 나왔던 저쪽 마을 아주머니가 마지막 배를 놓치고 30리나 돌아서 걸어야 하는 길을 가면서도, 며칠동안 애써 고아온 엿이 다 팔려서 고달프지만은 않았다. 그런 노력과 위안이 우리에게도 기대된다.

학교 앞에서 노랗게 알밴 칡뿌리를 팔던 노인은 거친 손으로 진달래 몇 묶음을 가져다가 우리 소녀들에게 나눠주기도 했다. 마음속으로 느끼기보다 먼 곳에서 건너온 봄을 싸안아보던 어린 시절.

　사공이 어린 아들에게 강물 젓기를 가르쳐주고 세상을 보는 눈을 틔워주려고 쌀쌀한 꽃샘바람에도 함께 데리고 다니듯이, 우리에게 믿음직한 계절의 길목을 터줄 손길은 어디에서 기대할 것인가. 신비롭고 경이로운 체험을 바라면서도 바람부는 겨울강가에서 견디어온 갈대의 아픔을 잊은 우리에게 봄은 싱그러운 삶의 길목만을 틔워주진 않을 것이다.

　햇것으로 봄앓이를 막기보다는 콘크리트보다 단단하게 둔화(鈍化)된 가슴에 객기 아닌 생기를 되찾게 하고 싶다. 깊은 산골짜기 바위틈을 녹아서 흘러온 맑고 시원한 물, 그 청신함으로 넘쳐나려는 열기도 다스려야 한다. 충혈된 눈의 핏기를 가셔줄 수 있는 것은 새로 피어난 여린 이파리와 햇볕에 드러나는 아름다운 풍광만은 아니리라.

　강물 저편에서 내어뻗은 낚싯대 끝에 은비늘을 봄볕에 번쩍이며 물고기가 봄의 대지로 상륙하는 동안, 안개 속에서 머뭇거리며 고별채비를 서두르던 겨울새들도 훌훌히 떠나갈 것이다.

　나룻배 위에서 강의 저쪽마을 아줌마가 귀한 품종의 씨앗을 가슴에 품고 꽃과 열매를 그려보며 가는 동안, 강물은 얼음이 풀린 저쪽 기슭의 물과 만나며 더욱 세차게 흘렀으리라. 황폐하고 냉담해진 나의 마음도 봄의 훈풍과 만나 화해할 것을 기대해 본다.

(1982.)

꿈꾸는 우체통

비오는 날 멀리서 우체통을 바라보았을 때 그것은 분명 빨간 금붕어였다. 뽀글뽀글 물방울을 뿜어올리며 물 속을 떠도는 어항 속의 금붕어.

진지한 편지를 써본 것이 언제였던가. 기억이 아득하면서도 우체통 앞을 지날 때마다 잊어버린 답장빚이 켕겨서인지 얼른 지나쳐버리기 일쑤였다. 그런데 비오는 날의 우체통은 물 속에서 먹이를 잡으려고 자맥질하는 금붕어처럼 사연을 재촉하며 입을 벌름거리는 것이었다.

무심히 지나칠 때 우체통은 아무런 의미도 관련도 없는 것. 그러나 사람들과의 교신을 위해 세워 놓은 안테나를 보며 우체통이 육성이 닿을 수 없는 언어가 저장되는 보석함이라고 느낀 적이 있다. 어떤 마음에서부터 스며와서 고이는 것인지 알 수 없지만 지하수처럼 많은 언어가 고여서 흐르고 있을 우체통.

숫자도 모를 때 빨간 우체통 모형의 저금통을 가졌었다. 나는 동전이나 지폐를 별로 넣은 기억이 없는데도 내게 소용되는 물건이 있을 때마다 어른들이 내 우체통 저금통을 헐면 제법 많은 돈이 쏟아져서 경이롭게 느껴졌었다. 소꿉기구나 인형·리본·핀을 우체통 저금통에서 나온 돈으로 갖게 되었기에 우체통을 보면 만능이라고 여겨지던 버릇이 오래도록 남아 있었다.

누구에게나 우체통의 문은 열려 있지만 나만의 은밀한 밀실일 수도 있다고 여기던 사춘기, 그리던 동경의 세계를 빼꼼히 열고 조금은 엿보게 해줄 창문이었고 꿈과 이상의 통로가 되어줄 것같던 시절도 있었다.

열정·환희·그리움 등 땅에 떨어뜨리기도 아까운 사연이나 고뇌·불안·갈망 등 떫은 사연으로도 밤이면 호젓하게 불을 켜고 있는 듯하던 우체통.

실제로 우체통은 언제나 길의 가장자리에 서 있지만 우리 가슴 한복판에 놓인 듯이 확대해보던 날도 있지 않았던가. 한밤중엔 우체통 옆을 지나면서 어느 순간 머물다 간 꽃의 향기와 한숨 소리, 뜨거운 사랑의 의미를 찾고 있을 것 같은 느낌이 들었다. 만남의 귀함도, 소중한 인연도 저장되어 있어서 때로는 낮은 기침 소리로, 때로는 선명한 휘파람 소리로라도 기척을 할텐데 우리가 듣지 못할 뿐.

어느 봄날 강물에 띄워보낸 꽃잎의 사연도, 철새의 피맺힌 울음과 조각난 꿈자리도 기억하면서 고해성사를 받는 신부처럼 시치미를 떼고 다음 손님을 계속 기다린다. 우체통은 기다림의 자세이다. 달빛이 잠기다 가면 그것일 뿐. 흔적 없이 그리움의 테두리로 밀려나고 나면 우체통은 꿈을 꾸기 시작한다. 순수와 진실이 만나서 빛나는 의미가 되고 향기를 발할 수 있는 만남의 대합실. 여리디여린 꿈이라도 자신의 가슴속에서 성숙해지고, 서툴게 빚은 그릇일지라도 아름다운 도자기로 구워낼 수 있는 가마〔窯〕를 꿈꿀 것이다. 사람들의 서툰 대화로 마음과 마음이 이어지지 못함을 안타깝게 여기며.

우체통은 어느 완전한 모습이나 사고를 소유하고 싶어하지 않고 토막말일지라도 심연에서 고인 영원한 말, 영혼에까지 닿을 소리를 반길 것이다.

녹음이 짙어지고 꽃이 난만한 가운데 서 있는 우체통은 하나의 나무가 되고자 하리라. 시들지 않을 삶의 뿌리를 내리고 끊임없이 푸른 수액을 빨아올려서 이파리들의 살랑거리는 대화를 듣기 위하여.

우체통 앞에 오래 서 있으면 신비한 세계에도 도달할 수 있을 것 같다. 만약 몸이 작아져서 그 안에 들어가기만 하면 『이상한 나라의 엘리스』의 소녀처럼 먼 나라에 다녀오는 환상을 가질 수 있겠다. 실제로 인간사의 한 단계를 건너뛰는 한 수 위의 정신세계까지도 기대해 보며. 그러나 불신과 좌절의 한낮을 보낸 불꺼진 밤길의 우체통을 보면 죽음의 흔적들이 모여 있을 것같다. 시간에 의해 의미가 상실되고 빛바랜 기억의 파편들만 가득 차서 덜커덕거릴 듯하다.

비어 있으면 차라리 그리움으로나 채울 것을. 바람부는 날이면 어느 이루지 못한 미완의 사랑이 울고 있는 환청에 빠지기도 한다.

　침묵도 그리움의 말이고, 만나고 헤어짐도 그 인연이
선택된 것임을 일깨워주는 우체통 앞에서 소리없이 배
웅해야 하는 법도를 배운다.
　나는 언제쯤 기나긴 편지를 써서 나의 이름을 수신
인으로 부쳐볼까. 어느 비오는 날, 금붕어에게 먹이를
주듯이 우체통으로 밀어 넣을 편지에는 인생에 대한 의
문부호가 줄어들고 겸허한 사랑과 구원의 소리만 길게
길게 씌어 있으면 좋겠다.

(1993.)

초록 보리밭

스튜디오 밖의 하늘이 일기예보대로 맑고 푸르다.

"보리밭 사잇길로 걸어가면 뉘 부르는 소리 있어 나를 멈춘다…."

해마다 이맘때면 이 노래를 자주 방송한다. 이 노래를 좋아하기도 하지만 들으면서 내 귓가에 또 하나의 소리를 들을 수 있기 때문이다. 어릴 적 보리밭 길을 지날 때 듣던, 바람에 사락사락 이삭이 스치던 소리, 무성하게 물결치는 밭이랑을 따라 내 기억의 이랑을 거닐 수 있기 때문이다. 열 살 무렵 5월은 무척이나 해가 길었던 것 같았다. 첫 여름의 구름이 한가로울 때 나는 친구들과 어울려 들판과 둑길을 자주 돌아다녔다.

어느 날 집에서 10리나 떨어진 순자네 집에 오디를 따먹으러 가는 길이었다. 허연 포장을 한 초라한 상여를 만났다. 친구 진영이는 어른들의 말처럼 재수가 좋겠다고 신나했다. 나는 발에 안 맞는 짚신을 끌고 훌쩍이며 가는 어린 상주가 자꾸만 마음에 걸렸다. 설익은 오디가 유난히도 신 것 같았다. 돌아오는 길엔 문둥이가 온다고 진영이가 소리쳐서 뒤도 안 돌아보고 집에까지 달려왔다.

문둥이도 무섭고 어린 상주도 불쌍해서 동네에서만 놀던 해가 긴 5월, 정숙이네 집에 갔을 때다. 표지 안쪽에 손가락 마디가 끊어진 손의 사진이 있는 책을 봤다. "보리피리 불며…… 나는 죽어서 파랑새 되리… 가도 가도 황톳길…… 양말 한 짝 벗으면 발가락 한 마디가 떨어지고…… 어머니도 아버지도 문둥이가 아니올시다……" 이런 섬뜩하고 눈물겨운 구절들이 적힌 한자 섞인 한하운 시집이었다.

어머나! 보리밭을 지나면 눈썹과 손가락 없는 문둥이가 애들의 눈에 고춧가루를 뿌리고 잡아먹는다고 했는데… 그토록 무서운 문둥이가 이런 슬프고 예쁜 시를 쓰다니, 더욱이 죽어서 파랑새가 되어서 푸른 하늘 푸른 들을 맘대로 날고 싶다는 그 소원이 너무 불쌍해서 어린 가슴을 저리게 했다.

그 뒤로 보리밭 길을 지날 때 보리이삭이 사락사락 스치면 한하운의 슬픈 소리가 들리는 것 같기만 했다. 문둥이는 어디서 굶어 죽지 않았을까? 그리고 순자네 집에 갈 때 만난 어린 상주는 어디서 보리피리라도 불고 있지 않을까? 풋풋한 보리밭 길에 나가서 나는 그만 슬픔의 싹만 트고 말았던 것이다. 싱싱해야 할 푸른 혼이 죽음에 대한 공포와 문둥이 시인에 대한 애상으로 얼룩져 버렸다.

보리밭을 지나도 서러움이나 무서움을 잊은 지 오래던 중학 시절, 학생기록 카드의 좋아하는 빛깔을 적는

난에 나는 초록색이라고 써넣었다. 보리밭과 상여와 문둥이 시인의 회고로 해서 내겐 초록빛 보리밭에 대한 아련한 향수 같은 것이 자리잡고 있었다.

그 무렵 초록색에 대한 애상적인 의미를 바꿔야 할 일이 생겼다. 최정희(崔貞熙)씨의 소설 『녹색(綠色)의 문』이 서울신문에 연재될 때였다. 주인공인 사춘기의 여학생 유보화는 '보리밭처럼 푸른 문안에 사는 하늘의 왕자'를 사모하고 있었다. 나는 사춘기 이전의 어린 나이였기 때문에 『녹색의 문』의 주인공처럼 이성에 대한 그리움은 아니었지만 막연한 동경과 부푼 기대로 미래를 채색할 빛깔이 초록이어야겠다고 생각했다. 슬픔이 아닌 순수한 동경과 기원 같은 초록빛으로 의미를 설정하려고 한 것이다.

5월이 되어도 보리밭 길을 쏘다닐 수 없는 도시로 떠나 온 지 20년. 철없을 때 친숙했던 풀포기처럼 하늘거리는 보리밭 이랑이 그립다. 그 초록빛이 보고 싶다.

어린 날 느껴 보던 죽음과 고통의 의문을 풀기 위해서 문학수업을 하거나 사색을 일삼는 철학도는 아니었다. 문학에 대한 희구가 사춘기에 싹텄을 때 나는 「보리밭」, 「해바라기」 등을 그린 빈센트 반 고흐의 귀를 자른 일화를 들을 수 있었다. 폴 고갱이 고흐의 자화상을 보고 한쪽 귀를 잘못 그린 것 같다고 했을 때 고흐는 자기의 귀를 잘라 자화상에 대어 보이며 어디가 잘못 됐느냐고 따졌다고 한다. 고흐의 예술가로서의 처절한 심혼을 다 이해할 수 없었던 나는 문학지망 소녀로의 발돋움을 더욱 망설이게 했다.

고흐의 귀를 자른 충격적인 얘기에 감탄은 했지만 소질도 없이 단순한 정서로 예술가의 꿈을 꾸려던 나는 용기를 얻는 대신 주저와 체념으로 아무런 기반을 다져보지 못하고 말았다. 그래서 그런지 나는 누렇게 익은 결실의 보리밭보다 이삭이 패지 않은 초록 보리밭을 좋아한다. 나는 성공 못한 회오나 불만에 얽매이지 않는다.

나는 꿈의 초록밭에서 지칠 줄 모르는 어린 왕자로만 있고 싶은 것이다. 보리밭 노래를 들으면서 나는 젊고 푸른 보리밭만을 생각하고 싶다.

이제 내가 푸른 보리밭을 찾아간다면 문둥이 시인의 소리나 애달픈 죽음을 생각하는 대신 풋풋한 의지를 묻혀 오고 싶다. 겨우내 얼어 붙은 땅 밑, 차가운 눈발 아래서 억세게 가꿔 온 초록 보리밭처럼 내게 병들지 않게 가꿔 온 꿈이 남아 있다면 영글지는 않아도 좋다. 노래 한 곡조가 끝나면 다른 노래를 다시 틀어 버리듯 내 초록빛 추억의 자락을 함부로 버릴 수는 없다.

이제 보리밭 노래도 끝나 버리고 창너머 구름이 남쪽으로 흘러간다. 내 마음은 푸르게 사락거리는 보리밭으로 달리고 있다.

(1974.)

종소리

　머리에 뿔이 달린 도깨비가 자전거를 타고 쫓아오고 나는 아무리 달려도 제자리걸음인데 야단났다. 금방 잡힐 듯한 순간 어디서 종소리가 들려온다. 후유! 나는 눈을 뜨고 그게 꿈이었던 것을 알게 된다.

　어릴 때 새벽에 잠을 깨면 옆자리를 만져 봤다. 할머니는 새벽 종소리가 나기 전에 이미 교회에 가시고, 나는 무서운 꿈을 꾸다가 종소리로 구원을 받았던 것이다.

　내게 있어서 도깨비 꿈에서 깨어나게 하던 교회의 종소리는 해방의 종이요, 자유의 종이었다.

　신주머니를 달랑거리며 주일학교에 다니면서부터 해방의 종이던 그 종소리는 나를 구속하고 말았다. 화창한 날 동무들과 놀다가도 종이 울리면 헌금을 받아 쥐고 교회에 가는 종소리의 노예 생활이 시작되었다. 교회의 종소리는 자애로운 할머니의 표정까지 굳게 해서 눈감고 기도하기 싫은 나를 교회 바닥에 꿇어앉게 했다.

　교회 마당 가장 높은 자리, 나무로 세운 종각엔 못

올라가게 금지돼 있었다. 그 무렵 내게 있어서 종은 손 닿을 수 없는 제일 높은 꼭두의 것이었고 불가능이 없는 전능의 것이기도 했다.

후일 그 소리는 나를 재미있는 놀이터에서 차디찬 마룻바닥으로 이끌던 종소리가 아니게 되었다. 어린 이성(理性)이 눈을 떠서 발걸음을 재촉하여 교회로 가게 된 것은 언제부터였던가?

감격스런 성서 얘기, 아담과 이브의 선악과, 홍해를 가르던 모세의 지팡이 사자굴에 들어간 사무엘 얘기를 알아들을 때부터였으리라. 종소리는 먼 교회로의 길잡이였고 재미있는 설교를 알아들은 뒤부터 내 인생의 길잡이로 바뀐 것이다.

그러나 6·25는 내게서 종소리와 교회를 빼앗아 갔다. 수복 후 돌아와 보니 교회의 뒷마당에 풀이 수북하고 빈 종탑만이 서 있었다. 그뿐이 아니었다. 그토록 열렬히 설교해 주시던 선생님이 보이지 않더니 어느 날 술에 취해서 길에서 싸우는 것을 본 것이다.

대포탄 껍질을 매달았던 교회의 종소리는 내 귀를 막게 했고, 새로 오신 선생님의 설교하는 모습 위에 술 마시고 행패 부리던 6·25전 선생님의 얼굴이 자꾸 포개어졌다. 나는 그 뒤로 교회에 소리 좋은 종이 다시 걸리고 서울서 오신 신학대학생 강사가 어린이 부흥회를 해도 별로 마음이 설레지 않았다.

나의 교회에 대한 종소리는 그때부터 길을 잃었거나 나 자신이 교회의 종소리를 못 알아듣는 귀머거리가 돼 버렸다.

"여러분은 꼭 필요한 종이 되어 만인을 일깨우는 역할을 하라"던 학교 선생님의 말씀은 교회의 종소리 대신 한동안 내게 남아 울렸던 것같다.

여러 가지 의미의 종소리에 우리는 웃고 울고 살아간다. 교회의 종처럼 보이게 매달려서 소리로 일깨우는 물체보다도, 다른 어느 가슴에 감동을 주어 울리는 큰 힘, 그런 종소리에 더욱 가치를 부여한 때도 있었다.

참된 의미를 고운 말씨로 표현해 본다면 누구 한 사람에게라도 울리지 않을까 하는 욕심, 예술에 대한 의욕 같은 것을 가져 보기도 했다.

그러나 나는 새벽 종소리를 흘려들어버리듯 남에게 울리리라는 생각도 능력도 잊어만 가는 걸까? 내 작은 영혼이 종소리에 잠깨던 날이 있었는데 이제는 침침하고 그늘진 구렁 속에서 헤어나지 못하고 있으니….

어릴 때 듣던 높은 종루에서 맑은 소리로 울려 줄 종소리가 다시 아쉬워진다. 기나긴 종소리는 크나큰 가능성을 갖고 있었기 때문이다. 노을이 짙은 강 건너에서 울려오던 종소리는 먼 곳 미지의 세계로 나를 달리게 했었다.

오뇌로 잠든 날 문득, 새벽 종소리에 깨었을 때 온갖 곤혹을 삭이고 일어나 앉고 싶던 기억도 있다. 아무리 마른 샘일지라도 기나긴 시간이 흐르면 물이 괴듯 오랜만에 듣는 새벽 종소리에서 옛날의 속마음을 찾던 기억말이다.

어릴 때에 듣던 종소리가 청량한 음악이었다면 이제 듣는 종소리는 희미한 진동으로 가슴을 둔탁하게 때리는 소리에 불과하다. 지친 절규로 나태와 안일에서 벗어나라는….

종소리에 가슴 설레이고 괴로워하는 자신이 역겨워서 종소리에 부담없이 살아가는 사람을 부러워해 본 일도 있었다. 그러나 종소리는 어느새 내 마음의 고향이었다.

혼돈과 몽롱한 의식 속에 순수한 감각을 일깨워주던 새벽 종소리, 종소리를 듣던 순간에 내게 배풀어지던 순수한 일깨움. 타성에 젖어버린 나를, 어릴 때 도깨비에게 쫓길 때 구원해 주던 것처럼 울려 줄 종소리가 아쉽다.

내 곁에 종소리가 없는 것이 아니다. 내 자신의 귀를 틔워 줄 종소리, 그 종소리를 다시 찾는 날 나는 남의 가슴을 울려 줄 또 하나 의미의 종소리가 마련될 것만 같다.

(1974.)

병풍 앞에서

　그림에 대한 식견도 없으면서 가끔 친구들과 함께 그림 전시회를 기웃거려 본다.

　초등학교 5학년 겨울 피난 시절, 노환으로 누워 계시던 외종조부께 자주 놀러 갔다. 문 밖에선 겨울 나무가 마구 몸부림치고, 쌓인 눈을 털어내리는 거센 바람이 문풍지를 울게 해도, 키 높은 병풍 옆은 안온해서 좋았다.

　활 쏘는 그림 속에서 화랑도의 세속오계와 풍류를 떠올리고, 효녀 심청이가 나왔다는 연꽃 그림을 보려고 키 높은 병풍 그림 앞에서 발돋움하면 문 밖에선 낮닭이 홰를 치며 울기도 했다. 원두막에서 참외를 먹다가 떨어뜨려, 엎드려 주우려는 꿈에서 깨어나 보면 피리를 불며 내려다보던 신선도(神仙圖).

　할아버지의 머리맡에 펼쳐 있던 병풍의 그림을 다 기억할 수 없어 안타까울 때도 있다. 부여 낙화암의 삼천궁녀 비사를 배울 때 병풍 가운데쯤 있던 절벽 그림이 생각나고, 수학여행 때 골안개가 자욱한 산 속에서 길이 안 보여 기다릴 때, 새소리 물소리를 들으면서 병풍 앞에서 귀를 틔우고 시야를 넓히고 싶던 욕심을 상기하기도 했다.

지금 나는 내 앞에 우뚝 솟은 풍악(楓岳)의 웅장한 그림을 보며 조금 뒤로 물러섰다. 먼 산의 어렴풋이 드러난 능선의 아름다움, 중간 부분에서 앞으로 다가오는 산의 육중한 가슴, 그리고 산기슭에서 붉게 피어난 단풍과 간간이 섞인 소나무의 청청함.

어느 날이었던가. 오랜만에 할아버지 방에 들러 보니 병풍 몇 폭이 접혀 있고 산을 향한 뒷문 쪽이 틔워져 있었다. 지금 생각해 보면 병상에 오래 계신 할아버지는 창너머 구름결에 눈을 보내며 무언가 자연에 대한 대화의 운을 틔고 싶으셨나 보다. 그때 문틈으로 뒷산을 내다보니 뒷산 기슭의 나무들이 우우하고 우는 것 같았다.

천년이나 산다는 학의 그림을 가까이 보며 그 장수함을 부러워하셨을까? 하얗게 센 이마 위에 숨가쁘게 펄럭이던 등잔불의 그림자, 이불을 포개어 귀까지 덮으시던 할아버지의 귓가에 겨울 나무의 울음은 어떤 의미로 울렸을까?

동양화, 그 중에서도 산수화는 아무리 현대 기법으로 다듬었어도 눈 덮인 산 속과 초가집 그림을 보면 전설이 떠오르고 지금은 주인공이 없는 할아버지 댁의 빈 사랑 생각에 추연해진다.

그해 겨울이 거의 지나고 봄이 멀지 않던 2월, 바깥 기동을 못하던 할아버지는 뒷산에 눈이 첩첩이 쌓여 까치도 못 날던 날 아침, 운명하시고 말았다. 차가운 눈 속에서도 피어난다고 해서 애써 가꾸시던 매화의 봉오리가 곱게 벙글고 병풍 폭의 매화도 피어 있건만 할아버지의 기침 소리가 들리지 않아 툇마루에 앉아서도 허무하던 기억.

12폭의 그림 중에서 몇 폭의 그림이 잘 떠오르지 않아 안타깝다. 꼭 필요한 것도 아닌데 집착이 가서 정작 구경하러 온 전시회의 그림을 몇 개씩 그냥 지나치기도 한다.

나는 다시 발길을 멈춘다. 신라의 솔거가 황룡사 벽에 소나무를 살아 있는 것처럼 잘 그려서 새가 앉으려다 떨어졌다는 얘기에 감탄한 일이 있다. 나는 그 생명력 있던 그림을 상상하다가 한 그림 앞에 우뚝 서고 말았다. 바로 이거다. 옛날의 그림이 사실적인 생동감이었다면 요즈음 그림은 또 다른 창조로 우리 서정을 부를 수 있는 게 아닌가? 나무가 새를 부르는 영감보다 더욱 높은 차원의 맥락(脈絡)이, 화가가 그린 영상과 우리 영혼 사이에 이어질 수 있는 예술의 극치, C화백의 역작 앞에서 머뭇거린다.

우리는 높은 예술의 감동 앞에서 차분히 기억해 보면 결코 남의 것이 될 수 없던 잊혀졌던 순간들이 숨쉬는 것을 느끼게 된다.

문외한이기 때문에 색채만 있고 형상이 없는 것 같은 현대화를 보며 남겨지는 의미를 아쉬워한다. 그래서 그림 보기를 꺼리는 내 앞에 이따금 화사하게 혹은 신비롭게 꾸며진 화폭이 눈에 띌 때 나는 그림 전시회에 온 것을 잘했다고 생각하기도 한다.

춘하추동의 열두 달을 병풍 속에 담아 작은 세월과 우주의 축도(縮圖)로 어느 인생의 머리맡에서 증인이 되기도 하고, 울타리처럼 지켜준 병풍, 화려한 색채도 없이 담묵과 엷은 색채를 곁들인 것으로 격이 높은 그림도 아니었다고 기억된다. 그러나 나는 그 작은 우주 안에서 할아버지가 가끔 갈아 놓으시던 묵향처럼 은은한 정서의 향기가 내 의식 속에 배어들 수 있었다고 생각한다.

돌아가신 할아버지, 그분의 생애는 12폭 병풍에 그려 둘 만큼 훌륭했거나 다채로운 모습이 아니었지만, 병풍 앞에서 들려주신 얘기가 내게는 권선징악의 교훈이었고 보다 높은 차원으로의 일깨움이었다. 충·효·예·지·신의 토막 얘기를 들으며, 나는 인간의 빛나는 모습과 향기를 찾아 산수도에 보이는 좁은 길 같은 오솔길을 찾는 버릇을 지니며 자라게 되었다.

결코 병풍 안쪽에서만 아늑하게 살아갈 수 없는 너무나 넓은 우주 안에 우린 살고 있다. 대단할 것도 없는 꿈을 이룩해 온 나만의 밀실인 병풍 안쪽에서 그림들을 보며 자연과 인간사에 애정어린 눈길을 다소 마련할 수 있었던 것이 다행한 일이다.

우리가 타고난 12폭의 능력 중 접혀 있는 폭을 펼치고, 보다 다양해진 형상 앞에서 먼 지표를 향해야 하는 자기 계발의 의무가 과제로 안겨 온다. 어릴 때 12폭

병풍 앞에서 시간과 공간을 초월할 수 있었던 동심을 회복할 수 없어서 멀기만 한 길.

그림을 보며 아직도 신비한 욕심을 찾으려는 미술감상의 실격자로서, 고차원의 빛깔로 이미지를 구축한 힘찬 예술 앞에서 당황하기도 한다. 이따금 옛것의 환상에 빠져서 엉뚱한 그림 앞에 멈춰 있는 나를 두고 친구들은 내가 무척이나 그림애호가인 줄 알고 먼저 전시회장에서 나가 버리기가 일쑤다.

(1976.)

첫눈 오는 날에

친구여!

마른 나뭇가지에 앉은 새의 눈빛을 생각하며 나는 이 밤 석유난로의 심지를 돋운다.

낮에 본 조그만 새와 첫눈을 기다리며 앉은 나.

건조한 가슴은 언제나 회억의 강가에서 가 머문다. 소달구지의 덜컹거리는 바퀴소리와 볼이 빨간 아이들의 고함소리가 들려온다. 6·25가 터져 산골에 피난했던 암담하고 어두웠던 그 겨울. 그래도 기세 좋기만 한 아이들과 소달구지를 타고 20리나 떨어져 있는 장터로 가던 중 갑자기 하늘에서 폴폴 떨어져 내리던 아름답기만 한 순백의 꽃잎들.

그 꽃잎들을 먹어 보겠다고 아우성을 치던 아이들. 백설공주의 어머니가 바늘에 손이 찔려 하얀 눈에 핏방울이 떨어졌고, 그걸 보면서 눈처럼 고운 딸아기를 낳았으면 했다는 동화도 읽을 수 없던 피난시절. 그 겨울에 소달구지 위에서 맞던 첫눈은 전쟁으로 짓눌렸던 어리고 작은 내 가슴에 커다란 축복의 선물이었다.

이야기 보따리 속의 이야기보다 더 화려한 채색을

입힌 이야기를 갖고 싶은 마음이 여인네들의 상정(常情)이 아닐까. 얼마나 많은 여성들이 첫눈에 소박하면서도 기원이 깃들인 소망을 가져 왔던가. 그 소망으로 하여 우리들 겨울은 차가우면서도 뜨거운 열망으로 무늬졌는지 모른다.

첫눈 오는 날 머리칼 위에 뿌리는 눈발도 헤아리지 못한 채 기다리며 섰는 그 사람은 나를 얼마쯤 감동시킬 것인가.

차갑도록 깨끗한 이마에 얹혔던 눈이 불타는 눈빛에 녹아 내릴 때 아, 나는 언 손을 호호 불며 주저없이 그 사람을 택하리라.

가을을 잃고 모든 것을 빼앗긴 듯한 허전한 가슴으로 마지막 잎새까지 떨쳐버린 나무곁을 지날 때, 발가벗은 그 나뭇가지에 첫눈이 내리면 나의 고독도 구제될 것만 같던 어설프나 그윽했던 지난 가을의 기원.

잠 이룰 수 없었던 어느 겨울 밤, 버릇처럼 밀려오는 절망의 와중에서 창을 밀쳤을 때 내 구원의 별빛마저 떠나는 듯한 좌절로 익어가는 밤. 그 밤의 언저리에서 오뇌로 시달린 내 머리를 반짝 신선하게 되돌려준, 아침이 열리는 시각에 떨어지던 첫눈. 그것은 단발머리 소녀에서 발돋움하려던 시절의 가장 아름다운 기억으로 가슴에 남아 있다.

첫눈에 대한 어린 날의 환호와 수줍은 성장, 그리고 그윽한 기원, 그보다 아픈 기다림.

첫눈 내리는 날이면 "노오란 네 꽃잎이 피려고 간밤

엔 무서리가 저리 내리고 내게는 잠도 오지 않았나 보다"는 시 「국화 옆에서」를 떠올리게 된다. 아프고 고된 어떤 기다림을 보는 것같기 때문이리라.

초겨울의 불과 초겨울의 첫눈, 초겨울의 불빛은 찬바람 부는 거리를 헤맨 언 손을 녹여 주지만, 첫눈은 소중한 사람을 떠나 방황하는 사람의 마음을 녹여주는 것이라면 좋겠다.

첫눈을 기다리는 마음으로 초겨울을 서성대며 옷깃을 세우는 사람들. 마치 첫눈이 내려야 떠나는 겨울행 열차를 기다리는 손님들처럼 기대와 축복으로 들떠 있는 사람들.

그러나 첫눈은 우리 기대만큼 빨리 그리고 포근히 내린 일이 없는 것 같다. 조금씩 폴폴 내리는 첫눈의 생명은 무던히도 짧다.

달뜬 마음과 설레이는 사랑으로만 끝나고 맺어지지 않는 연인처럼 아쉽고 안타까운 것인지도 모른다.

포근하게 쌓였다가 질펀하게 녹는 일없이 저대로 한 갈래씩 나부끼다가 그대로 스러져 버리는 조용한 눈물 같은 것.

첫눈은 기다림의 꼭두에 잠깐 피었다 사라지는 우리의 무지개꿈, 순간적인 목숨.

영접할 충만된 감동이 준비돼 있다 하더라도 그 짧음 앞에서 이별해야 하는 허무감. 모든 인간들의 숙명적인 단면을 보여주는 것 같아 야속하기까지 하다.

친구여!

우리 가슴에 찬바람이 너무 자주 헤젓고 지나가 마른 논바닥같이 갈라진 마음이라 할지라도 첫눈이 오는 날 나는 그대를 찾을 것이다. 내가 혹시 노란 귤 한 개를 가지고 간다 해도 웃지는 말게. 친구여.

그리고 우리 울적하게 참으로 울적하게 바하나 쌍쌍을 들어볼꺼나.

첫눈이 아쉽다 해도 어차피 언젠가는 다시 포근한 눈이 내려쌓이고 우리들 영혼도 계절에 압도되어 허덕이게 될 이 겨울. 온 누리가 눈 덮여 망각 속에 사라진다 해도 마음속에 불 밝혀 줄 사랑을 우리 잊지는 말자. 친구여.

(1973.)

바가지

　오랫동안 소식 없던 시골 친구가 바가지를 보내왔다. 노란 햇바가지를 코에 대어 보니 아련한 시골의 향수가 쑥냄새처럼 피어오른다. 윤기가 돌아 보이기에 얼굴을 비쳐보니, 얼굴 대신 초가지붕 위에 놓인 하얀 박이 파란 하늘을 이고 있는 초가을 풍경이 다가온다.

　해마다 이맘 때면 함지박만한 큰 바가지에 감과 호박 오가리, 가지 말린 것, 그리고 찰떡을 담아오던 외할머니의 동백기름 냄새도 배어 있는 것 같다. 도회지 살림을 하는 딸에게 농사 지은 것 중에서도 가장 반듯하고 쓰기 좋은 바가지도 몇 개씩 가져오셨다. 둥그런 박처럼 원만하게 지내고 복바가지의 소원까지 기원하셨을 보살핌이 가슴에 울려 와 닿는다.

　옛날에는 딸을 시집보낼 때 혼수 외에도 가마 뒤에는 바가지까지 주렁주렁 매달아 보냈단다. 쌀 씻어 먹을 큰 것, 밀가루 담을 것, 뒤주와 간장독에 넣을 종고래기까지 안 깨지도록 조심스럽게 달아 보냈다고 한다.

　나는 친구가 보낸 작은 바가지를 보며 다정다감한 그녀가 박꽃을 보며 시정(詩情)을 삼켰을 모습보다 먼

저 떠오르는 환상을 떨쳐버릴 수가 없다. 서늘한 가을
밤, 지붕에 얹힌 때늦은 박을 보며 '저게 박노릇을 할
까'하는 염려, 그보다도 시집 보낸 막내딸이 시집살이
에 잘 견딜까 하고 담배연기와 한숨을 뿜으셨다는 어느
할아버지의 주름진 얼굴 말이다.

　우리 집에도 얼마 전까지 할머니가 쓰던 반질반질한
종고래기가 뒤주 속에 있었다. 할머니가 시집올 때 그
아버님이 유교관댁(柳校官宅)이라고 새겨서 보내 주신
것이었다. 어린 나이에 시집살이가 고되어도 그 종고래
기가 뒤주에서 쌀기름이 배어 윤날 때까지만 참으면 되
리라고 짐작하셨을지 모른다. 속살도 겉껍질도 닳아서
얇아진 그 종고래기처럼 희생과 헌신으로 일관한 할머
니의 모습이 새삼 떠오른다.

　저녁에 피는 박꽃처럼 찬사도 없는 희생 속에서도
계속 인정미를 잃지 않고 주위 사람에게 인정의 바가지
를 수북이 베푸시던 모습이 말이다.

　인생을 살아가는 머나먼 길의 애환을 함께 한 바가
지의 역사도 꽤나 거슬러 올라가야 할 것 같다. 신라의
시조 박혁거세(朴赫居世)는 박 같은 알에서 나왔다 해
서 박씨가 되었다던가? 우리 나라에서 바가지를 쓰기
시작한 것도 그 무렵일 거라는 얘기다. 그리고 옛날에
는 바가지를 주술(呪術)이나 금기(禁忌)에도 사용했다
고 한다. 혼인 때는 신부의 가마가 신랑집 문전에 다다
르면 박을 통째로 가져다 깨뜨리며, 납채를 할 때는 바
가지를 엎어놓고 밟아 깨뜨려 소리를 냈다고 한다. 또

병에 걸리면 바가지와 칼로 병귀를 쫓았다니 귀신을 물리치는 무서운 도구이었다. 박은 광명(光明)을 뜻하는 고어 '붉'에서 변해온 '박'이라는 해석이다. 그래서 귀신을 쫓는다고 믿은 것인지, 그 정확한 이유는 알 수 없다.

지치고 아픈 발걸음을 한 발자국 뗄 때마다 꽁무니에서 바가지가 달그락거리고, 그래서 뒤돌아보면 뻐꾸기가 따라 울던 고갯길, 일제 말기 우리 조상들이 일본인에게 농토를 빼앗기고 간도(間島)로 남부여대(男負女戴)하고 찾아갈 때 등짐 뒤에서 달그락거리며 보채던 바가지.

그들은 바가지를 일상용구로서보다도 그들의 통곡과 좌절, 그리고 흥부가 지녔던 소망 같은 것과 함께 고향 초가지붕에의 향수마저 담고 다니며 함께 웃고, 울고 싶었던 것이 아닐까?

작은 바가지를 뒤집어 본다. 이렇게도 단순하고 꾸밈없는 모양새로 신라시대에도, 이제도 그대로 침묵의 소리로 지켜온 우리네 유산. 작은 것은 작은 것대로, 큰 것은 또 큰 것대로 쓰이며 우리네 분수를 지켜온 바가지. 큰 파도 위에서는 크게 흔들리고 작은 물굽이에서는 그대로 넘실대며 갈앉지 않는 모습으로 살아 온, 그것은 역사의 애환과 함께 우리의 민족성의 은밀한 내면을 가장 잘 속삭여 주고 있는지도 모른다.

바닷물도 바가지로 퍼내어 언젠가는 줄이리라는 옛님의 꿈도, 표주박으로 산곡간(山谷間)에 흐르는 물이

나 마시자던 안빈낙도(安貧樂道)의 모습도 뒤섞여 온
세월. 역사의 혼류(混流) 속에서 가라앉지 않고 표표히
흘러내려 온 우리의 정신을 지배한 것은 바로 박의 뜻
인 광명과 평화의 미래지향이 아닌가?

　할아버지 대에는 할아버지 대의 박덩굴이 뻗어 있었
고, 또 할아버지의 아버지 대는 또 그렇게 이어졌을 박
의 숨결, 그 숨결을 거슬러 가노라면 토함산(吐含山)의
해맞이까지 올라설 수 있을 것 같다. 밝은 것을 숭상하
는 것이 우리 정신의 고향이었다. 그러면서 박꽃을 보
며 시정을 키우듯 예술을 꽃피웠고, 둥그런 박의 성질
을 본받아 원만하기를 지향하며, '흥부의 박' 같은 희망
까지 지녀 온 우리.

　바가지 하나에 시와 철학까지 부여하고 바가지를 들
여다보며, 지붕 위에서 맘껏 열기를 마시며 푸르게 몸
을 키웠다가, 다시금 담백한 빛깔로 식히며 씨앗을 가
꾼 성숙의 의미도 새겨 본다.

　박을 톱으로 타기 전에 잘 여물었나 망설이듯, 우리
가 가꿔 온 작은 결실을 주저하며 마무리할 준비는 돼
있는 걸까?

　지금 초가가 걷히면서 바가지도 거의 사라지고 있다.
그 대신 값싸고 튼튼한 PVC제 바가지가 범람하고 있
지만, 그래도 바가지가 지녔던 민족적 정서와 함께 밝
음에 대한 지향이야 영원해야 하리라고 바라며, 친구가
보낸 바가지를 볕 잘 드는 곳에 걸어 본다.

　긴 사연 없이 바가지 하나로 하많은 사연을 담아 보

낸 친구. 이른 새벽, 혹은 놀이 지는 저녁 우물가에서 바가지에 담긴 안빈(安貧)과 자족으로 먼 세월을 기다리는 친구여. 이제는 속박과 좌절에서 벗어나 어둠 속에서도 하얀 꽃을 피우는 박의 지혜를 마련했음을 나는 알고 있다. 그토록 동그랗고 야무지게 가꿔 보낸 바가지의 모양처럼 확실하게 말이다.

(1976.)

가슴의 멜로디

　며칠 전 사무실의 후배에게 생일축하 꽃바구니가 배달되었다. 옆자리까지 번져 오는 맵싸한 장미향기에 이끌려 나도 꽃바구니 옆으로 다가갔다. 안개꽃 사이로 검붉은 흑장미 송이가 고개를 쳐들고 있는데 그 틈에 살짝 얹힌 카드 봉투. 생일의 주인공이 카드를 막 뽑아서 펼치는 순간 영롱하게 울리던 음악. 그것은 실로폰의 단조로운 연주지만 분명히 「Happy Birthday」의 멜로디였다. 펼치기만 하면 저절로 음악이 울리는 멜로디 카드. 그 카드를 받은 당사자가 아니었는데도 그때 가슴에 찰랑거리던 기쁨을 잊을 수 없다.

　최근 외신을 보니 일본엔 색다른 '음악 브래지어'가 화제라고 한다. 브래지어 안에 모차르트 작곡의 「Twinkle twinkle little star」 멜로디가 들어 있어서 살짝 손만 대면 그 음악이 울린다고 한다. 가슴에서 경쾌한 음악이 저절로 울려 나온다는 사실. 마음이 울적할 때 음악이 울려 나와서 기분을 밝게 해줄 수 있다면 얼마나 좋을까, 상상만 해도 가슴이 짜릿해진다.

　사람과 사람의 관계란 결국 가슴과 가슴끼리의 만남

이 아닌가. 텅 빈 가슴인 줄 알았는데, 무심하거나 냉담한 줄 알았던 이웃의 가슴에서 음악이 울려 나온다면 깜깜한 어둠 속에서 별빛을 발견한 것만큼 반가울 것이다. 자신이 허전하고 메마른 가슴일지라도 누구와 만나는 순간 가슴에서 아름다운 소리가 울린다면 어찌 가슴이 두근거리지 않겠는가. 마음의 변화에 따라 갖가지 소리를 낸다는 일, 어찌 생각해 보면 사람의 마음이 그대로 비춰지는 거울처럼 뜨끔한 일인지도 모른다.

마음을 전하는 방법으로 말이 있고, 글이 있고, 그보다도 눈짓·몸짓 등 상대에 따라서 갖가지 다른 표현방법이 있을 것이다. 그 동안 우리는 사랑은 숨겨져야 하는 신비로운 것으로 여겨 왔고, 사람의 사랑은 지고의 정신적인 것에 가치를 두고 있기 때문에 본능적이며 감정적인 것은 숨기기 일쑤였다. 그런데 미묘함까지 감안하여 음악으로 표현할 수 있을는지. 불완전하게라도 표현할 수 있기는 하다. 사람의 사랑이란 것도 불완전한 것이니까. '사랑에도 도수(度數)가 있어서 어느 정도 충전되어 뮤직박스처럼 음악이 울린다면' 하는 상상을 하게 된다.

사랑은 그 자체도 아름답지만 그 말이 가슴속에다 불러일으키는 감정의 울림이 더 아름다울진대 그 음악은 어떤 소리를 낼까. 사랑의 기쁨을 누릴 때의 소리가 감미로운 것이라면 고통을 겪을 때의 그 소리는 얼마만큼 아프고, 듣는 이를 통렬하게 할 것인가.

아픔 끝에 상처가 치유되어 새로운 소생이 이뤄질

때 울려 나올 소리는 얼마만큼 감동적인 것일까. 이기적인 타산과 증오의 잡초로 가득 차고 혼탁한 영혼만 담겨 있는 가슴끼리 만난다면 어떤 시끄러운 소음이 울려 댈까. 이런 생각을 해 보니 가슴에서 울려 대는 멜로디는 없는 것이 나을 것 같다.

어차피 사랑은 사람의 내면 깊숙한 곳에 숨겨 놓은 것. 그래서 밖에서 그걸 찾으려고 끝없이 찾아 헤매는 것이 우리의 숙명이 아닌가.

사랑은 자기가 각본을 쓰고 스스로 자유자재로 각본을 고쳐 나가며 연출할 수 있을 것이다. 그 성실함을 끝없이 가꾸고 다듬어서 인생을 즐겁고 보람되게 할 수도 있는 것.

지순한 사랑이 가슴에 가득 채워져 있다면 어찌 단순한 멜로디로 나타낼 수 있으랴. 사랑이 향기롭다면 싸매도 싸매도 숨길 수 없듯이 향기로 다가올 텐데.

사랑의 갈구는 있되 가슴을 열지 못하는 이기심이 있다면 사랑의 가슴을 활짝 열어야 할 것이다.

계속 몇 번만 들어도 싫증나기 쉬운 멜로디 카드. 사람의 가슴에 채워진 무궁무진한 사랑의 말은 언제나 새롭게 울릴 것이다.

아니 참사랑은 아예 말없는 것이라고도 하는데.

(1991)

댓잎 사운거리는 소리가 들리시나요

  해가 바뀐 지 오래인데도 정월달 그림을 젖히지 않고 있다. 거기 샛푸르게 그려져 있는 대나무 그림을 한가하게 들여다보면 조용한 바람이 일어 사운거리는 댓잎 소리를 들을 수 있기 때문이다.

  저 달력을 보내 준 친구도 본 지 오래이다. 목소리라도 들을까 하고 전화를 돌려본다. 이맘때면 감기를 잘 앓았는데 올해는 잘 넘기는가 궁금하기도 하고. 조심스럽게 다이얼을 눌렀으나 집을 비웠는지 벨소리만 오래오래 울리고 만다. 어디를 갔을까, 아프지는 않은 모양이지. 종희네는 자주 만나니까 알 것 같아서 그쪽으로 걸어 본다. 종희네는 신호가 두어 번 울리자 수화기를 들어 반가움이 앞선다. 우선 한 호흡을 쉬고 침을 삼키며 목소리를 가다듬었을 때였다. "불광동입니다. 저는 지금 집에 없습니다. '삐이' 소리가 울리고 나면 용건을 말씀해 주십시오." 하는 빠른 속도의 녹음 말에 이어서 '삐이' 하는 쇳소리가 고막을 찌른다. 그 소리에 감전된 것처럼 수화기를 놓치고 말았다.

  무인 응답기를 처음 대하지도 않았으면서 이렇게 섬

뜩할 수가 있을까. 정겨운 목소리를 기대했다가 느끼는 나의 공허함. 무인 응답기에 길들여지지 않는 나의 촌스러움을 탓하면서도, 허공에 대고 말을 하듯이 빈 수화기에 대고 연기하기는 싫어서 그냥 끊기를 잘 했다는 생각이다.

마음을 가다듬고 이번엔 현수네로 재빨리 전화를 걸어 보니 시골집에 내려가 있단다. 지금 전화하면 분명 있겠느냐고 다짐 아닌 다짐을 받아내고 나서 시외전화를 부리나케 걸었다. 전화감이 멀지만 "여보세요" 하고 여자 목소리가 나오길래 다짜고짜로 "서울에서 떠나 경치 좋은 곳에 있으니까 무슨 소리가 들리니?" 하는 물음에 "얼음장 밑에서 흐르는 물소리도 들리고 개구리가 눈 부비고 잠깨는 소리도 들려." 하고 대꾸하는 친구의 목소리. 정작 물흐르는 소리도 개구리 소리도 없었지만 친구와 마주 앉은 듯이 정겨운 애기를 나눌 수 있어 다행이었다.

정말 생각해 보니 몇몇 친구들에게 전화를 걸면 그 집에서 남다르게 들려 오는 소리가 있다. 종희네는 전화를 들면 등뒤에서 닭이 울고 새가 푸드득거리고, 영이네는 아이들이 소리지르며 노는 소리가 수화기를 통해서 그치지 않는다. 연규네 집에선 강아지 소리와 그 밑으로 잔잔히 깔리는 음악 소리. 이들 소리가 전화를 걸 때마다 매번 울려오지는 않더라도, 혹은 진지한 애기를 나누느라 미처 못 들을지라도 노상 울려오고 있다고 생각하게 됐다. 아예 그 소리들은 전화를 걸지 않아

도 그들을 생각하면 떠오르는 또 하나의 소리가 되어
버렸다.

종희 엄마의 뒤에서 들려 오는 닭소리와 새소리는
동물을 사랑하고 화초나 들꽃도 애지중지하는 그의 성
품을 느끼게 한다. 달맞이꽃이 화사한 뒤란에서 서성이
는 모습을 떠올리며. 영이네 집엔 아이들이 소리지르며
놀지만 정작 어린아이를 기르는 젊은 어머니가 아니다.
아이들이 대학생인데 아파트 창 밖에서 이웃집 아이들
노는 소리가 그의 배경 음악이 되기 일쑤이다. 자상한
품성으로 이웃과 정을 나누고 집안을 아기자기하게 꾸
민 분위기 때문인지 동네 아이들이 영이네 앞에서만 논
다는 것이다. 연규네 집은 북한산 중턱에 있다. 평소엔
강아지소리만 전화기로 전해지지만 이따금 계곡 물소리
까지 울려 올 것만큼 경개 좋은 산 속에 산다. 막상 전
화만 걸면 그리운 목소리가 거기 있고 마음이 닿던 소
리까지 있어 주던 것이 옛날 일이 되었나 보다. 생활이
복잡해져서 감성의 윤기마저 없어졌는지 절박한 일이
있기 전에는 서로 전화 연락도 못하고 있으니. 그러다
보니 최근엔 직접 나누던 대화나 그들과 맺은 정의의
장면들보다도 그들의 뒤에서 들려 오던 소리들과 연관
되는 상상을 더하게 되었다.

전화를 걸면 정다운 목소리 뒤에서 울려오는 소리들.
어떻게 보면 그들의 품성을 빚게 하는 배경들이라고 할
까. 동물의 소리, 혹은 자연의 소리일지라도 그들에게
서 떼어놓을 수도 없고 떨어질 수 없는 품성의 여운이

아닐는지. 언젠가부터 거꾸로 닭소리, 새소리를 들으면
종희네가 생각나고 아이들 노는 소리, 강아지 소리, 음
악 소리엔 영이네와 연규네를 떠올린다. 어느새 그들
소리는 바로 그들이 되어 버렸다. 내가 그들의 진실을
이해하는 데 있어서 오차를 범하고 있는지도 모른다.
물 속에 막대기를 꽂고 보면 구부러진 것처럼 보이듯이
단순히 느껴지는 것만으로 빚어낸 착각일까. 너르고 메
마른 세상에서 나의 꿈과 정이 그들의 목소리와 배경음
과 만나서 사랑의 기록이 이루어질 수 있을는지.

지금 이 시간 누가 내게 전화를 걸어오면 어떤 소리
가 배경음이 될 수 있을까. 지구의 저편에서 울리듯 아
련하게 울릴지라도 지친 영혼을 위로하고 일깨워 줬으
면 하고 달력의 대나무 그림 앞에 다가선다. 댓잎 사운
거리는 소리가 결코 나의 배경음일 수도 없는데.

(1991.)

백자사발에 담기는 산꿩소리

뎅뎅, 백자사발을 손가락으로 퉁겨본다.

흙담 무너진 사이로 쿨룩쿨룩 새어나오던 할아버지의 기침소리가 울린다.

가만히 들여다보면 안개 낀 산자락 밑에서 발견한 산새알처럼 포르라니 하얀 빛깔.

아홉 살의 머슴애는 학교에 함께 가던 아이들의 뒷모습을 보며 주먹으로 눈물을 쓱 훔치고는, 할아버지가 흙을 빚는 가마로 내달리곤 했다.

할아버지는 흙으로 아담한 그릇들을 빚어내고 커다란 단지까지 물레를 돌리며 빚어 올리노라 흙묻은 손자의 시꺼먼 고무신쯤은 내려다보지도 않았다.

어느 날은 연기가 피어오르는 가마 곁으로 달려가서 가마 안의 불길을 들여다보며 가슴을 졸이기도 했다.

가마 곁을 지나는 바람에도, 옆에서 지는 나뭇잎새 소리에도 가슴을 떨며 기다려보았지만, 월사금을 준다는 약속을 깬 어매의 말처럼 그릇들은 깨어져 나오기 일쑤였다.

이제는 달그락! 하고 놋수저로 그릇을 부딪쳐봐도

그때처럼 배고프지가 않아서인지 보리 타작마당의 도리깨질 소리처럼 들린다.

도공일이 싫어서 아예 타관으로 떠나버린 아버지의 생사도 모른 채, 극심한 가난 속에서 어린 시절을 보낸 청년 S씨는 6·25때 전쟁에 참가하여 그릇처럼 깨어지는 허무한 목숨들을 보아야 했다.

제대후, 돌아가신 할아버지에 대한 그리움, 그보다 조선 도자기의 명맥이 끊어짐이 안타까워서 당시 도예가들이 관심도 가지지 않던 조선도자기를 재현해 볼 결심을 했다. 우선 비법을 알아내려고 5년동안 도요지 200여 곳을 다니며 고려·조선 자기의 파편을 수집했다. 한 조각, 한 개의 부스러기마다 선인들의 주름과 한숨이 무늬져 있고 자신을 지치지 않게 이끄는 신비한 바람이 묻어 있다고 생각했다.

조선 가마가 많다는 문경군 산골에 가서 도자기 구워보기를 7년, 두 어깨로 떠받들기 힘든 실패 끝에 네 번째로 옮긴 곳이 문경새재 길목의 조령요(鳥嶺窯)였다.

깊은 밤, 바람에 실려오는 짐승의 울부짖음에 자신의 애달픔을 견주어보기도 했다. 귀여운 딸을 끓는 가마에 넣어 에밀레종을 구웠다는 전설이 생각나서 손가락이라도 깨물어 넣으려는 결심을 해보기 몇 차례. 어차피 모든 것이 흙으로 돌아갈 것인즉 육신의 한 부분쯤 흙 속에 섞어 빚어 보고도 싶었다.

간절한 염원으로 거듭한 어느 날, 조심스럽게 가마

안을 들여다보던 그는 한 개씩 눈맞춤한 그릇들이 순식간에 자기를 덮쳐 오는, 것 같아 눈을 감아 버렸다. 마치 그릇 한 개 한 개에 눈동자가 박혀 자신을 뚫어지게 바라보는 것 같은 환상에서 그는 한참만에야 깨어났다. 자신이 애써 만들어보려던 조선시대 서민들의 밥그릇인 하얀 사발이 만들어진 것이 꿈만 같았던 것이다.

그가 구워낸 그릇을 뒤집어보면 붉은 해의 서기(瑞氣)조차 외면한 채 굴속에서 눈물 반, 다짐 반으로 보내온 세월의 굽이가 나이테처럼 새겨져 있는 듯하다. 한 굽이엔 뒷산 두견의 울음이, 한켠엔 숲길을 돌아나가 달리고 싶던 고향 언덕의 아득한 꽃바람이.

다시 그릇을 뒤집어 바로 하고 들여다보면 새재에서 바라보던 구름같은 연한 무늬가 얼룩져 있기도 하다.

평평한 바닥에 멀리 놓고 보면 활활 타는 불꽃이 보이고, 사나운 포화(砲火)속에서 살아남은 전우의 생명같이 오롯이 구워진 대견함.

그는 고개 너머 타관에서 작업을 계속 중이다. 고향에서 인절미를 빚듯이 태토(胎土)를 배합하여 그릇의 형상을 빚고, 그 위에 칠할 유약 배합에 산골의 숲내음쯤 아랑곳하지 않고 오랜 세월을 그릇 속에 묻혀 살았다고 한다.

지난 72년에는 가마 한 쪽에서 오묘한 노란 찻잔을 얻어낼 수 있었다. 일본의 다까마스노미야(高松宮·천황 明仁의 동생)를 비롯한 일본의 도자기 애호가들로부터 '환상의 찻잔'이라고 격찬받는 일본국보 이도(井戶)

찻잔과 꼭 닮은 것이었다.

그 노란 찻잔에 대한 사실이 일본에 전해져서 S씨는 일본의 다까마스노미야로부터 초대를 받고 찻잔 한 개를 일화 3백 70만엔(한화 1천만원 정도)에 팔 정도로 인정을 받게 됐다.

그러나 S씨가 애착을 갖는 것은 물을 부으면 잔 속에서 별 같은 점이 떠오르고, 곧 단풍처럼 피어오르는 '환상의 찻잔'이 아니다. 자신의 젊음과 끈기가 집약된 서민용 사발이다.

매끄럽게 단장하거나 현란한 빛깔로 남을 현혹시키려는 뜻이 그에겐 애초부터 없었다.

이따금 고운 흙자국이 비치는 진솔함, 소박하고 은근한 멋, 여름날의 은하(銀河)빛인가 하면 청솔가지에서 쉬는 학의 나래빛이기도 한 백자사발을 아낀다.

어느 가을밤 초가지붕 위에서 반갑게 발견한 하얀 박덩이 같은 향수가 담기고, 낫놓고 기역자도 모르는 무식꾼들의 배부른 웃음소리와 살아있는 인정이 배어 있는 사발.

하얀 이팝보다는 누릇누릇하게 보리 섞인 밥이, 고기국보다 시래기국이 어울리고 유리창 달린 찬장보다 시렁 위에 얹혀야 어울릴 백자사발이다.

S씨는 자신이 천신만고 끝에 재현(再現)해 낸 백자사발에 인정과 사랑을 담을 주인공을 아쉬워한다. 자기가 만든 그릇이 가난해도 기죽지 않고 버틸 의연한 사람. 막걸리 한 대접 들이켜고 천하를 얻은 것 같은 미

소를 짓는 여유로운 이를 만나게 하기 위하여, 오늘도 새재에서 물레를 돌리고 가마를 들여다보며 불꽃 속에서 단단해질 그릇을 기다린다.

얄팍한 접시나 오롯하여 기품있는 병(瓶)이 아니라 삼라만상 어느 것이나 손쉽게 담길 넓적한 대접, 절실한 기원과 극치의 순간을 넘어 비었지만 초조하지 않은 그릇, S씨는 빈 그릇처럼 묵념하는 자세로 살아간다.

한때는 터무니없이 도예인들의 시샘에 휘말렸었지만 새재의 하얀 구름송이에 더운 이마를 대고 소나기에 고단한 귀를 씻으며 자신의 그릇에 나이테를 묻으며 살아 가리라.

빈 그릇이어도 산꿩의 울음소리라도 채워지지 않으랴.

한산한 길모퉁이에 버려진 자기조각에도 해맑은 햇빛이 고여 있어 허전하지만은 않으리라.

(1983.)

모과

감기를 앓고 있다. 입맛도 후각도 잃은 지 오래인 지금 따끈한 모과차를 후후 불어가며 마시면 열도 내리고 막힌 후각도 뚫릴 것 같다.

내가 모과 향기를 처음 알았던 것은 여섯 살 때, 이웃에 나를 귀여워해 주던 새댁이 있었다. 나는 가끔 놀러 가 바느질하는 새댁 곁에 앉아 있다가 색색 헝겊을 얻어오곤 했는데, 그 집엔 아저씨가 안 계셔서 좋았고, 항상 향긋한 냄새가 감돌아서 좋았다. 그 냄새가 경대 앞에 놓인 모과 때문이란 것은 바로 알았지만, 아저씨가 서울에서 첩살림을 냈다는 것은 후에야 알았다.

그 후 3년이 지난 어느 겨울날, 눈을 흠뻑 뒤집어쓰고 볼이 발개서 돌아온 내게 할머니께서 모과차를 끓여주신 일이 있다. 모락모락 피어오르는 모과차의 김 속에 문득 새댁 얼굴이 떠올랐다. 옷고름에 눈물을 찍으며 친정으로 쫓겨간 새댁의 얼굴이. 나는 그녀가 가 버린 신작로로 뛰어나갔다. 내가 어렸을 때 살던 골목은 곧바로 신작로로 뚫려 있었다. 그리고 다리까지 뻗어나간 그 길은 무척이나 넓고 환하게 탁 트인 길이었다.

마치 희망으로만 가득 차 있던 내 동심의 꿈길처럼.

그러나 새댁의 얼굴을 그리며 뛰어나가던 날, 나는 신작로가 그렇게도 멀고 아득하기만 하다는 것을 처음 알았었다.

봄볕에 휘어진 버드나무 사이로 보이던 푸른 하늘의 신비, 그래서 마냥 버드나무 밑에 앉아 해 지는 줄 모르던 일들. 그때 나는 다시 눈을 돌리며 그렇게 자연만큼 반할 만한 마음의 벗을 찾아 나서야겠다고 결심했다.

온갖 것이 불가능이 없을 것 같던 어린 날의 넓은 세계, 그러나 인간사엔 모순도 많고 슬픔도 많다는 것을 거울 속에 비치던 새댁의 눈물짓던 모습에서 깨달은 날, 나는 우리 앞에 펼쳐진 큰 세계엔 또 그만큼 크고 어두운 벽도 가로놓여 있다는 생각을 했다.

좁고 어둔 방에 모과 향기를 채우고 있던 그 여인, 어쩜 과일은 달고 신 향긋함에 사람에게 애호받는 것인데, 떫고도 질겨 사랑을 못 받는 모과처럼 버림받은 그 여인을 내가 줄곧 생각해 온 것은 아니다.

나는 이번 감기를 앓으며, 삶이 너무 혼돈에 싸이고 어두운 측면이 있다는 것을 거울 속의 여인의 눈물을 통해 처음 느꼈던 일을 기억해 내며 조금은 애상적이 된다. 어린날엔 꿈과 동경으로 가득 차서 인간은 풋과일처럼 싱싱하게 매끄럽게 살 수 있을 것같이 느꼈었다. 그러나 사람은 절망, 슬픔, 그리고 그리움까지 영혼 속에 담고 있기에 더욱 괴로운 것이 아닐까?

나는 높은 열로 앓고 있다. 그러나 몸만이 아픈 것이 아니다. 분열된 의식 속에 만들어 놓은 작은 울타리 안에서 헤어나지 못한 채 집요하게 앓아 온 것이다.

나는 잠시 아픔을 잊으려고 10여 년 전 가을, 모과로 일었던 어느 서정(抒情)의 시간을 기억해 냈다. 대학교 때, 나는 L교수님 댁에서 샛노란 참모과를 얻어 온 일이 있다. 이화장(梨花莊)에서 따온 것이라고 했다. 집주인인 이승만(李承晩) 박사는 하와이에서 빈사 상태로 신음중인데, 그가 그리던 우리 하늘 밑에서 지순한 향기로 익혀온 참모과의 매끄러운 모습, 그리고 고서가 가득찬 L교수 댁의 고서 냄새에 잠깐 젖어 있었다.

두시(杜詩) 희위 6절(戱爲六絶) 제6수(首) 중에서 "轉益多師是汝師"(배울 것이 많아짐이 진실로 배운 것이라는 뜻)를 자주 인용하면서 두시를 연구하시던 교수님, 나는 참모과를 안고 돌아오면서, 우리와 친근하고 달콤한 과일 같은 전공은 접어두고, 떫고 질긴 모과처럼 쉽게 맛을 알수 없는 한시(漢詩)를 택한 선생님을 완전히 이해할 수는 없었다.

과일 모과의 매력을 누구나 쉽게는 인정하지 않을 것이다. 그 우아한 암향(暗香)도 낮에는 잊기가 쉽다. 나는 어느 날 밤에 잠이 깨었다가 달면서도 새콤한 향내가 가슴에 다가오는 걸 느꼈다. 낙엽이 흩날리던 만추라 조금은 허무해져 잠든 탓인지 상큼한 향기의 일깨움은 내게 시심(詩心)을 솟게 했다. 그 냄새는 엄동설

한 두엄 속에서 뾰족하게 싹을 내민 것 같은 기적을 안
겨 줬다. 잠깐 눈에 아롱지던 서정의 실마리를 엮어내
지 못했던 것이 아쉽기만 하다.

10여 년이 지난 오늘 생각해 보면 L교수님은 노력과
인내로 맺어진 모과의 향기를 이미 남에게 베풀어주고
계시다. 그야말로 낮엔 못 느끼던 모과향을 밤에 찾았
듯이 고매한 선배 학자들에게도 인정받고 또 후진에게
도 높고 깊은 향기를 끼쳐 주신다.

"위대한 사람은 정신적으로 위대한 사람과 육체적으
로 위대한 사람으로 나누면, 육체적으로 위대한 사람은
거리가 멀어질수록 작아 보이고, 정신적으로 위대한 사
람은 거리가 멀어질수록 커 보인다"는 쇼펜하우어의 말
처럼 정신적으로 위대한 사람의 향기는 모과처럼 멀어
질수록 짙어지는 게 아닐까.

예쁘고 연한 과일은 쉽게 먹어 씨만 남아 공허하다.
현란하나 일시적이라서 소비돼 버리는 소양(素養), 그
러나 모과는 오래도록 향기를 남기는 예술품 같다.

나는 이 밤, 감기에 몸져 누워서 모과와 인동덩굴을
넣어 감기차를 끓여 주시던 할머니를 생각한다.

지금 감기로 냄새도 미각도 잃었지만 열이 내리면
모든 찌꺼기들이 열로 씻겨 빠져나갈 것 같다.

제단 앞에 향불을 갖다 쌓듯이 마음의 거울 앞에 놓
여질 모과의 향기를 맡을 수 있는 맑은 후각을 우선 찾
아야겠다.

(1975.)

3.
임진강가의 반보기

머플러 예찬

복역 7년째인 '부베'를 면회 가는 '마라'는 달리는 기차의 승강구에 서 있었다. 아직도 7년이나 형기가 남은 연인에 대한 안타까운 마음을 대신하듯이 목에 두른 긴 머플러는 몹시도 나부꼈다.

60년대 초반 이탈리아 영화 「부베의 연인」이 상영됐을 때, 순애보적인 얘기와 주제가로 감동 받은 이들이 많았다. 여주인공 마라가 곡절 많은 사랑의 역정을 회상하는 것으로 시작되는데, 침통하나 힘있던 목소리와 하얀 머플러가 잊혀지지 않는다. 전쟁의 끄트머리인 혼란기에 마라는 게릴라였던 부베와 약혼한다. 그러나 약혼자는 살인죄로 쫓기는 몸. 그는 결국 체포되어 14년형을 받지만 마라는 기다리기로 결심한다. 중간에 성실한 청년의 구혼을 받아들여 안락한 삶도 얻을 수 있었으나 고통을 숙명으로 받아들이는 마라.

유혹도 뿌리치고 그를 굳세게 기다리게 한 원동력은 무엇이었을까.

피눈물로 얼룩진 사연과는 다른 마라의 순백 머플러를 보며, 고달픔과 거친 생활 속에 숨겨진 해맑은 영혼

을 엿보았고, 얇으면서도 찢기지 않는 헝겊 같은 강인
함을 느꼈다. 그리고 이어서 우리네 옛날 어머니들이
목에 두르던 순백의 명주 수건을 상기했다.

　치마저고리는 곱게 염색해도 목수건만은 하얀 것을
접어서 단정하게 감았던 어머니들. 떠난 임을 그리는
정한의 숨소리가 올올이 배어들었을 명주 수건, 지창
(紙窓)에 어리는 오동나무 그림자에 그리움 북받칠 때
명주 수건으로 눈물을 감싸며 지낸 어머니들의 모습까
지. 목에 두를 때는 깨끗하고 반반하게 다려서 흘러내
리지 않도록 누르며 그렇게 마음도 다스리지 않았을까.
순수와 정절의 상징처럼 어머니들의 하얀 목수건은, 몸
은 함께 있지 않아도 떨어질 수 없는 임과 인연의 끈이
었나 보다.

　나는 사실 어머니들의 하얀 명주 수건보다도 성당에
서 본 친구 어머니의 미사보에 더 현혹된 일이 있다.
평소에 우울하고 냉정해 보이던 친구 어머니가 촛불 일
렁이는 성당에서 미사보를 내려쓰고 기도하던 자태. 그
평화롭고 기쁨 넘치는 얼굴로 올리는 기원은 어떤 내용
일지라도 손끝을 따라 하늘로 이어질 듯했다. 그때 미
사보에 대한 동경으로 여고시절, 용돈을 모아 얇은 조
세트 머플러를 샀을 때의 기쁨이란. 손에 쥐면 한줌밖
에 안되지만 너른 영토를 날 수 있는 날개를 얻은 듯이
신이 났었다. 그래서 학생 입장불가 영화도 머플러로
단발머리를 감싸고 숙녀인 척 입장을 했으니, 머플러를
변신용으로 씀으로써 새로운 세계에 대한 기대와 희망

은 개안(開眼)을 한 셈이다.

우리의 어머니들이 새로운 것에 대한 유혹의 단절, 방황에 대한 욕구를 잠재우기 위해 하얀 목수건을 매던 것과는 반대로 나는 서양식으로 화려한 변신과 위장의 도구로써 머플러를 이용했다. 베일처럼 쓰고 내다보면 아름답던 세계, 이런 불확실한 환상에 머물기도 했다.

얇고 고운 머플러는 환상을 현실로 이뤄 주는 마법의 보자기도 아니었고, 펼쳐서 타고 가면 가지 못할 곳이 없는 아라비안 나이트의 요술담요도 아니었다. 그러나 여린 감성과 높은 꿈을 가지고 불안해하던 어린 시절, 차가운 바람으로부터 뺨과 목을 감싸주면서 내면으로 눈을 뜨게 해줬다.

세찬 바람은 막아 주지 않더라도 머플러로 감싸면 마음이 그윽해졌다. 산란한 마음의 바람을 잠재우고 내면으로 길을 열어 신에게로 향하게도 한다. 한 뼘 남짓한 미사보를 머리에 얹는 것만으로도 신과 대화할 용기를 갖게 되듯이, 얇은 머플러를 두르고 생활의 찌든 때와 허욕을 버리게 해 달라고 기원해 본다. 이는 또 신이 여성에게만 내려 준 특혜 아닌가.

자신이 선택한 길이 가시덤불과 자갈길일지라도 꾸준히 가도록 마라의 삶의 방향을 부베 쪽으로 인도한 원동력, 그것은 지고한 사랑의 힘이지만 긴 머플러가 인도한 것으로 여기고 싶은 이 겨울.

그러나 요즘은 어머니들이 하얀 명주 수건으로 한 사람을 향한 정절의 훈장처럼 견디어 낸 의미를 강조하

기엔 너무 현란한 빛깔의 머플러들이 여기저기서 흩날
린다.

　그렇지만 머플러, 그것은 여성만의 날개이므로 많이
펄럭거리더라도 비웃지는 말자. 날개 달린 새들이 저녁
이면 집으로 돌아오듯이 무작정 날아가 버리리라는 엄
살도 걱정도 아예 떨쳐 버리고.

(1990.)

그해 석달

　비가 자주 오던 6월의 마지막 장날이었다. 나는 비가 올까 봐 조바심하던 것과는 달리 쨍한 햇볕에 신이 나서 장터로 뛰어갔다. 방앗간 앞에 다다라서는 걸음을 멈추고 벽에 기대어 저편에 책장사 아저씨가 나왔는가 살펴봤다. 틀림없이 등이 구부정한 아저씨가 돌아앉아 있는 것을 확인하고 쏜살같이 뛰어갔다.

　그렇게도 기다리던 아저씨가 이번엔 만화『선동왕자』3편을 꼭 가져 왔을 것 같아서였다. 그러나 아저씨는 그 책은 아직 안 나왔다면서 다른 책을 내밀었다. 노란 머리에 예쁜 원피스를 입은 소녀들과 반바지에 눈이 파란 소년들이 그려진 표지의『꿈나라 아이들』이란 동화책이었다. 다른 만화처럼 얄팍하지 않고 내용도 좋아보여 그 책을 사고 싶었지만 돈이 모자라서 부리나케 집으로 달려갔다.

　손님들과 애기중인 아버지는 내가 왔다갔다 해도 여느 때와는 달리 본 척도 안하셨다. 나는 안타까워서 손님들 앞에서 무릅쓰고 책값을 주시라고 했다. 선뜻 돈을 줄 줄 알았던 아버지는 "꿈 속 같은 애기를 하는구

나. 꿈나라 아이들이고 뭐고 난리가 나서 피난을 가야 한단다"며 심상치 않은 표정으로 손님들과 얘기만 하셨다.

집안에 들어오니 할머니와 어머니도 장롱을 열어 놓고 옷을 주섬주섬 싸고 계셨는데, 돌아다니는 나를 나무라실 것 같아 얼핏 뒤꼍으로 나가 봤다. 수돗가에선 이웃 아주머니들이 피난 갈 장소를 서로 묻고, 곡식을 씻으며 며칠 동안의 음식을 장만해 가야 한다고 서둘렀다. 그리고 우리 집 부엌언니는 담 옆에 땅을 파고선 아끼던 예쁜 사기그릇들을 묻고 있었다.

30리 밖, 먼 친척인 과수원 댁으로 피난 간다는 것만 알아낸 나는 얼른 흰 운동화를 내다가 분필가루를 칠했다. 석이네는 떡을 해 간다는데 내딴엔 감자라도 쪄가는 것이 좋을 것 같아 어른들이 시키지도 않은 감자껍질을 벗기며 소풍준비 하듯이 콧노래를 불렀다.

할머니는 우리를 안심시키려는 의도에서였는지, 아니면 실제로 그렇게 믿으셨는지 "도회지는 위험하니까 시골에 며칠만 있다 오면 된다"고 하셨다. 나는 며칠 동안이라도 두고 떠나는 텃밭 옆 돼지우리 속의 돼지들과 닭장의 닭들이 안쓰러워서 삶은 감자와 보리쌀을 듬뿍 뿌려 주고 돌아섰다. 그날의 해맑은 초여름 바람은 무척 신선해서 기분이 상쾌했다.

과수원 아저씨 댁엔 우리 가족 이외에 타지에서 피난 온 사람들이 헛간까지 차지했으나 대부분 친절했다. 며칠 후 아버지는 혼자서 우리집에 다니러 가셨다. 밤

중에 멍석에 누워서 밤하늘을 보며 이제나 저제나 하고 아버지를 기다리는데 웬걸, 쿵하고 먼 곳에서 폭격 소리가 들려 오는 것이 아닌가. 벌떡 일어나 보니 우리 집이 있는 K읍 쪽에서 벌건 불길이 보이고 있었다. 어머나! 전쟁도 아닌데 공연히 피난 온 것같이 평화롭던 가슴이 드디어 쿵쿵 뛰기 시작했다. 할머니는 서성거리는 우리를 앉혀 놓고 기도를 했지만 가슴이 졸아든 나는 폭격 소리에만 신경이 쓰였다. 함께 피난 온 옆방 아주머니는 우리를 쓰다듬으며 별일 없을 거라고 안심시켰다. 그런데 좀전까지도 상냥하던 한 젊은 새댁은 우리네가 관공서 간부 가족이기 때문에 적이 오면 위험할 거라고 입을 삐죽거렸다.

등에 닿는 멍석의 껄끄러움도, 팔뚝을 뜯는 모기떼도 아랑곳없이 밤을 지새고 얼핏 잠든 새벽, 꿈결엔 듯 들려 온 아버지의 목소리에 잠을 깼다. 이미 K읍에도 인민군이 쳐들어와서 허겁지겁 싸온 아버지의 보따리 속에선 뜻밖에도 하모니카가 굴러나왔다.

며칠 후엔 동네 청년들이 우리를 모아다가 생소한 북한노래를 가르쳤고 이따금 저쪽 언덕에서 빼앗아 간 내 하모니카로 서툴게 부는 그 노래 멜로디가 폭격 소리와 함께 들려오곤 했다.

이따금 도회지에 다녀온 피난민들이 쉬쉬하며 인민재판이나 학살 장면, 폭격으로 죽은 험악한 시체 얘기를 할 때, 우리의 공포는 아랑곳하지 않는 듯이 은빛

날개로 날아가던 B29. 어쩌다가 배과수원에서 까치가 울 때면 어머니는 입버릇처럼 "오늘은 반가운 일이 있으려나 보다"며 우리 집으로 가는 황토 고갯길 쪽을 올려다보곤 하셨다.

그 황톳길 왼쪽에는 목화밭이 있었다. 그해 처음 본 연분홍 목화꽃은 따발총 소리나 폭격과는 상관없이 곱고 평화롭게 피어 있었다. 꽃이 지고 보풋하게 피어나는 목화송이는 포근하게 감싸 줄 것 같아 자주 갔다. 목화밭에서 집으로 가는 고갯길을 자주 바라보던 어느 날이었다.

낯선 군복의 지친 사나이가 절뚝거리며 주인아저씨 댁으로 들어가는 것을 봤다. 말로만 듣던 인민군이었다. 아저씨 댁은 아들이 6·25전에 월북한 집이라서 인민군을 반기리라 생각했다. 우린 무서워서 금방 집에 못 가고 뒤늦게야 들어갔더니 이미 인민군이 떠난 뒤여서 안심하고 잠이 들었다.

다음 날 아침 이른 새벽 우물가에 나가 보니 주인 아주머니는 돌아앉아 붉은 물이 우러나는 커다란 북한 깃발을 북북 치대며 빨아 대고 있었다. 석 달 동안 그 댁 안방에 모셔 두고 있던 것을 그림이 망가지도록 빠는 것이 이상해서 어머니께 뛰어가서 알렸다. 어머니는 놀라는 대신 웃으며 그 헝겊은 이제 이불 속이나 만들 것이라면서 난리가 끝났으니 집으로 돌아가자는 것이 아닌가.

나는 너무 신이 나서 우선 K읍으로 가는 고갯길 쪽

으로 내달려 나갔을 때였다. 분명 너무 가까운 곳에서 탕! 하고 총소리가 났다. 저만치 나무 뒤에서 쓰러지는 인기척에, 집안에서 달려나온 이들과 함께 가 봤을 때 전날 본 인민군이 가슴에서 피를 흘리며 쓰러져 있었다.

아! 누가 쐈을까. 전날 저녁에 떠난 인민군이 왜 그때까지 거기 있었을까 하는 의문을 못 풀면서도 돌아가는 길이 피난 올 때보다 훨씬 가까운 거리임에 놀랐다.

폭격에 타 버렸다고 들은 우리 집은 어떤 모양일까. 높은 소방탑의 철골이 저만치 보였을 때 내 가슴은 우선 치솟았다. 그러나 길목의 우리 학교 운동장엔 응당 있어야 할 2층짜리 교실이 온데간데없고 한 쪽에 벽만 남은 강당이 보일 뿐이었다. 사진관도, 쌀집도, 친구네 집도 안 보이는 집터에서 벽부스러기들이 먼지만 일으키고 있었다.

겨우 소방탑 앞이 우리 집터임을 짐작하고 들어섰을 때 유리 한 쪽도 안 남은 집터와, 좀 떨어진 텃밭 자리엔 타다 만 돼지우리와 닭장의 철망 조각이 보였다. 나는 다시 그릇이 묻혔을 담 밑 자리를 조심스럽게 파 보다가 깨어진 그릇들 사이에 용케도 남은 성한 보시기 한 개를 발견했다.

화염에 그을리거나 충격으로 깨어진 그릇들 사이에 흠 하나 없이 남은 것이 신기해서 받쳐들고 나오다가 부딪치지도 않았는데 그만 탁 깨어지고 말아 서운했다.

어쩌면 전쟁은 직접 참여하여 목숨을 잃었거나 참변

을 당한 사람뿐만 아니라, 겉보기엔 멀쩡해도 이내 깨어진 사기그릇처럼 우리 모두에게 충격과 상처를 준 것이었다.

피난길이 소풍길인 줄 알았던 '꿈나라 아이'는 그해 석 달 동안 총에 맞은 인민군의 끔찍한 죽음을 보았고, 그때의 기억은 6·25가 터진 지 30년이 훨씬 지난 지금에도 가끔씩 상처처럼 되살아나곤 한다.

(1985.)

수경(水耕) 재배

　아파트에 살면서부터 골목 입구의 꽃집 앞에서 발길을 머뭇거리는 버릇이 생겼다. 색다른 풋풋한 잎새나, 푸른 줄기가 싱그러운 화분이 눈에 띄면 "이거 잘 안 죽는 건가요?"하고 먼저 묻게 된다. 향기가 좋은 고급 화초나, 기품있는 난(蘭)은 쳐다볼 엄두도 못낸다. 꽃 피우기는 고사하고 시들어 죽게 했던 죄책감 때문이다.

　사시장철 이파리만 피어 있는 풀잎화분으로도 아파트의 삭막함은 덜 수 있어서 사들이다 보니 이젠 거추장스러울 정도로 많아졌다. 풀잎일 망정 1년에 한두 번 분갈이도 하고 비료도 때맞춰 줘야 하는데 놓치기가 일쑤이다. 그러다 보니 보기 좋은 것만 눈앞에 놔두고 문제가 있는 것은 베란다 구석에 감춰 놓고 지내게 됐다. 버릴 수도 없고 남을 주기도 어정쩡해서 궁리 끝에 화초 잘 기르기로 소문난 친구 C에게 도움을 청하려고 찾아갔다.

　현관 입구에서부터 줄지어 놓인 관엽식물 화분의 윤기나는 이파리, 거실에 나리꽃과 여름 수선화 등 꽃핀 화분이 가득 차서 꽃집에 들어선 기분이었다. 게다가 앉아서 보니 거실의 한쪽 벽면은 무성하게 자란 고구마 덩굴로 완전히 덮여 있었다.

친구 C는 3년째 시어머니의 중풍 시중과 연년생 자녀의 입시 뒷바라지로 지쳐 있을 텐데도 화초들을 싱싱하고 풍성하게 가꾸고 있어서 놀라웠다. 지금은 기동도 못하는 시어머니께서 와병 전까지 공들이며 키우던 것들이기에, 처분도 못하고 손질을 하다 보니 잘 자란다는 것이다. 비록 말없는 식물들일지라도 말씀도 못하고 누운 시어머니의 시중과 취미까지 받드는 효성에 감동해서 잘 자랄 거라고 했더니 친구는 손을 내젓는다. 아마도 누워 계신 시어머니의 마음속 기원 덕분일 거라는 것이다.

그런데 집안을 이곳저곳 둘러봐도 아이들의 모습이나 사는 흔적이 안 보여서 방학 동안 장기 휴가를 보냈느냐고 물어 봤다. 친구의 대답인즉 중 3, 고 1, 고 3인 아들들을 지난 봄부터 멀지 않은 작은 아파트에 따로 살게 했단다. 할아버지 친구들의 잦은 방문과 할머니의 병환 때문에 부담을 느끼는 아이들이 공부에 전념하기 힘들까 봐 분가를 시켰다는 것이다.

가족과 함께 살더라도 등교 이전 새벽에나 얼굴 한 번 마주치고, 학원·독서실에서 밤중에야 와선 공부방에 갇혀 있어야 하는 진학과정의 어려운 실정을 절감한다. 그러나 할머니의 병환과 할아버지 친구·친척의 방문이 방해가 될까 봐 같은 서울, 그것도 멀지 않은 곳에 따로 나가게 했다는 것이 꺼림칙했다.

아이들은 부모, 조부모라는 흙과 뿌리에서 태어나고 자라는 존재들이 아닌가. 친구의 말마따나 아이들의 두뇌가 명석한 것이 동경유학에서 일본인을 젖히고 수석(首席)했던 할아버지를 닮은 것이라면, 그 아이들은 지금 자기네에게 재능을 이어 준 그 흙과 뿌리를 떠난 셈이다.

하기야 친구네 거실의 벽을 뒤덮은 고구마의 이파리도 흙 대신 물에 담근 뿌리에서 자라고 있는 수경 재배라서 더욱 잘 자라고 있다고 자랑이다.

십수 년 전부터 흙이 없는 지역에서는 대형 플라스틱 그릇에 흙 대신 비료를 섞은 물을 담고 그 안에서 채소를 대량 재배한다고 들었다. 그리고 TV화면으로 시금치와 양배추를 물에서 속성 재배하는 일본의 어느 공장을 본 것이 작년이던가. 어떻든 사람의 노동이 필요없고 우량품을 얻을 수 있어서 수경 재배가 경제적이라고 찬양하던 기억이 또렷하다. 우리 나라에서도 큰 규모는 아니지만 수경 재배 채소를 판매하는 곳도 있다. 인구는 날로 증가하고 땅덩어리는 한정되어 있는데 식량난 해소를 위한 과학발전의 개가여서 바람직한 일이다.

그러나 오랫동안 물에서만 식물을 재배하거나 수경 채소만을 먹은 사람은 흙의 존재를 무시하지 않을까. 나는 입시 공부를 위해 집을 떠난 아이들이, 수경 재배에 길들어 흙의 존재를 잊듯이 할아버지를 비롯해서 부모의 은혜까지 못 느끼게 되지는 않을까 슬그머니 걱정

스러운 마음이 드는 것이었다. 더욱이 할머니는 와병 이전까지 손자들의 뒷바라지를 기꺼이 하셨다는데, 아침 저녁 손자들의 손은 못 잡아 보더라도 서둘러 들고 나는 발자국 소리만으로라도 병상의 할머니에겐 위안이 되리라는 생각이 들었다. 그러나 할머니의 마음속 기원으로 화초가 잘 자란다고까지 생각하는 친구라면 어찌 나만큼 이런저런 궁리를 해 보지 않았으랴 짐작하니 친구에게 말을 건네 볼 용기가 나지 않았다.

내가 잘못 키우고 있는 화분일랑 소생할 동안 자기에게 맡기라는 친구의 배려는 고맙게 여겨졌다. 그러나 기르기에 수월하고 능률적인 수경 재배 품종을 이것저것 추천하는 자기의 권유를 듣는 둥 마는 둥 뿌리치고 나선 나의 속마음을 친구 C는 바늘귀만큼이라도 눈치를 챘을까.

(1988.)

임진강가의 반보기

"할머니이….

19시간 동안의 지루한 비행 끝에 다빈치 공항에 내렸을 때, 출영객 사이에서 들려 온 반가운 소리이다. 여기는 유럽의 남부, 내가 타고 온 영국 항공기의 탑승객은 거의가 서양 사람들로 동양인은 우리와 자주색 두루마기 차림의 할머니 한 분, 그리고 일본 사람이 대여섯 명 정도였는데 한국 할머니를 마중 나온 손녀의 소리인 듯하다.

'할머니이' 내 입으로 할머니를 불러 본 적이 언제인가. 나도 어렸을 때는 아흐레 장날이면 친할머니와 함께 40리 밖에서 오시는 외할머니의 마중을 나갔었다. 다리를 건너갈 때 푸르른 둑 너머로 소달구지가 보이기 시작하면 '할머니이' 하고 소리 높여 불렀었다.

예상하지 않았던 한국 소녀의 목소리가, 조금 전까지 비행기 안에서 가졌던 나의 엉뚱한 생각을 다시 일깨워 준다. 비행기 안에서 승객들이 지쳐서 잠든 사이로 서성거리다가 깨어 있는 몇 사람을 보게 됐다. 지도를 들여다보며 메모를 하는 사람, 잡지를 보거나 이어폰을 끼고 있는 사람, 그 중에서도 사진을 꺼내 보는 한국 할머니가 계셨는데 말을 걸어 볼 사이도 주지 않고 창 밖 하늘을 내다보고 계셨었다. 나도 그 하늘을 바라보다가 돌아가신 할머니와 아버지, 어머니에 대한 그리움이 왈칵 치솟는 것이었다. '하늘 끝이 어디일까. 그곳엔 먼저 세상 떠난 분들이 사는 곳이 있지 않을까. 그러나 그곳은 시작도 끝도 없는 하늘처럼 밝혀질 수 없는 곳이겠지' 하며 잠을 청했었다. 어쩌다 비몽사몽간에 눈을 떴을 때 하얀 양 떼 같은 구름이 보여서 '저 구름 위로 가면 그분들이 사는 곳에 당도할 수 있을까' 하고 동심어린 상상도 해 봤다.

동행 친구가 여행 안내서를 펼쳐 놓고 목적지에 대한 기대와 호기심에 차 있는 동안, 나는 별세한 육친에 대한 회고와 그리움에 잠겨 할머니에게서 들은 '반보기' 얘기를 떠올려 보았다.

여인들의 바깥출입이 어렵던 시절에 '반보기' 풍습이 있었단다. 오랫동안 만나지 못한 일가 친척 부인들끼리나 안사돈끼리, 그리고 친정어머니와 딸이 날짜를 정하여 중간 지점에서 만나 반나절 동안이라도 회포를 풀었다는 '반보기'. 때는 농한기 중에서 춥지도 덥지도 않은 계절이라야 했다. 만나는 곳이 야외였기 때문에.

우리 할머니에게서 들은 반보기 얘기는 들놀이를 연상시킨다. 맑은 시내가 내려다보이는 양지바른 언덕, 초록빛 보리밭에서 종다리가 떠오를 때 반보기 나온 이들의 오색 옷차림으로, 먼 데서 그 언덕을 보면 꽃밭

같았다고 한다. 반보기 때 잘 사는 양반댁에서는 음식을 푸짐하게 장만하여 일하는 여인들까지 함께 나가게 해서 그날만은 맘껏 놀게 했다. 주인 마나님과 일하는 이들이 반보기 날짜를 앞두고서는 헌옷에 고운 물감을 들이고 밤새워 바느질하여 차려 입고 나오니 고울 수밖에. 우리 할머니는 새댁 시절, 시어머니를 따라 나갔는데 자신은 제쳐두고 안사돈끼리만 너무 정답게 얘기하는 바람에 안타까웠다고 한다. 친정어머니에게 하소연도 할 겸 은밀한 만남을 기대했는데.

걸음을 재촉하면서도 몇 번씩이나 서로 돌아보며 무거운 발걸음을 돌려야 했던 짧은 시간 동안의 만남. 그날의 해는 무척이나 짧았을 텐데, 비행기 안에서 내다본 하늘은 짙푸르기만 해서 언제 저물는지 하얀 구름만 조금씩 흩어져 있었다. 한평생 질퍽거리고 끈질기던 정을 끊어 버리고 세상을 떠난 분들. 그분들도 지금은 구름처럼 홀가분하지 않을까. 남아 있는 처지에서 이뤄질 수 없는 돌아간 분과의 '반보기'를 아쉬워하다가 비행기에서 서둘러 내린 처지이다.

'할머니이…' 하고 불러댄 소녀의 모습을 찾아보려고 머뭇거리는데 내 앞을 쏜살같이 막아서는 한 여인이, 내 뒤쪽에서 나오는 남자를 와락 끌어안는다. 격정적인 언어는 내용은 모르지만 독일말이 분명하다. 이들을 보니, 독일의 분단 시절 애인을 만나려고 베를린 장벽을 넘다 사살된 젊은이의 얘기와, 얼마 전 통일을 이루고 축배를 들며 환호하던 독일인들의 TV장면이 떠오른다.

우리는 비행기를 바꿔 탈 때마다 '남한'이냐 '북한'이
냐를 물어서 초라했는데 독일 사람들을 보니 아직도 남
과 북의 산 사람끼리도 못 만나는 우리네 현실이 서글
퍼진다. 비행기 안에 비치된 관광 안내서 속에서 세계
적인 명승지와 덜 알려진 비경(秘境) 사진을 보며, 언
젠가 TV로 소개한 우리 나라 비무장 지대의 오묘한 야
생화와 한가로이 뛰노는 짐승들, 울창한 나무의 신비한
절경을 비교해 봤다. 땅의 주인인 사람들은 발도 들여
놓지 못하는 지역인데 얼마나 아름다운지.

북에 고향을 두고 온 이들이 가족이 그리우면 임진
각이나 북쪽이 보일 듯한 언덕을 찾는다는데 정치적 통
일이 미뤄지는 이즈음 그런 지역에서 반보기를 하게 할
수는 없을까. 독일인 부부가 기쁨의 눈물로 부둥켜안은
모습에서 나는 공허해진다. 임진강가에서 이산가족끼리
의 '반보기' 희망이라도 품어 보고 싶다.

이런 생각으로 머뭇거리는 사이에 '할머니'를 부르던
소녀의 모습도 놓치고 사람들이 빠져 나가서 썰렁해진
공항에서 시내로 들어가는 버스에 힘없이 오른다.

소달구지 대신에 비행기로 수만리 타국의 손녀를 만
날 수 있는데, 수백 리도 안되는 거리를 두고 못 만나
는 가족끼리 '임진강가의 반보기' 희망을 가져 보는 내
속셈을 같은 차에 오른 이국인들이 짐작이나 할까.

(1991.)

아버지의 눈물

아버지는 너댓살된 딸을 데리고 극장과 목욕탕까지 다니셨다는데, 돌이켜보면 연극 「며느리 설움」 한 편밖에는 떠오르는 것이 없어 안타깝다.

고깃배가 들어오는 새벽의 선창에 아버지의 손을 잡고 나가, 새의 푸득임과 흥청거리는 파시를 구경하고 생선묶음을 들고 오던 것은 대여섯살 때였다. 한낮에 아버지의 사무실에 찾아가면 사탕이 귀하던 시절이어서 금고에서 꺼내주시던 타원형의 레몬사탕, 그 맛처럼 달착지근하면서도 새콤한 것이 그 시절의 기억이다.

버릇없는 말대답도 영리한 재롱으로 봐주던 시절이 지나고, 유치원에 들어간 딸이 수줍음을 타기 시작해서 아빠의 자랑스러운 마음에 그늘을 드리우기 시작했다. 숫자세기나 노래를 혼자서는 잘할 수 있었는데도 남 앞에서 해보라시면 얼굴이 빨개져서 쩔쩔 맸다. "잘 알고 있으니 걱정마세요"라고 속시원히 말씀도 못 드렸으니 애물의 첫걸음이라고나 할까.

시험문제도 프린트대신 칠판에서 베끼던 초등학교 1학년때 아버지를 또 한 번 실망시켰다. 칠판글씨 뿐만

아니라 밤하늘의 별 한 개도 못찾던 시력이어서 시험문
제부터 틀리게 썼으니 성적이 나쁜 건 당연했다.

아버지는 늦게 둔 딸의 시력때문에 알만한 사람들과
상의해도 그때 풍조로는 아이에겐 안경을 씌우지 않는
것이 좋다는 의견들이어서 망설였다. 안경을 빨리 쓰고
싶은 딸의 마음을 모른 아버지는 중학교 입학직전에야
안경점이 있는 이리(裡里)시에 데리고 가셨다.

아스팔트로 포장이 잘된 길. 전파사에서 그윽한 음악
도 울려나오는 이리거리의 안경점에 들렀다. 안경점 주
인이 막대기로 짚는 검안표의 글자를 틀리게 말할 때마
다 아버지의 표정이 어두워졌지만 나는 아무렇지도 않
게 제일 위의 큰 그림 세 개만 맞추었다. 신문을 들고
나의 시력측정 과정을 지켜보던 아버지는 고개를 떨구
더니 마침내 신문으로 얼굴을 가리시는 것이 아닌가.

신문으로 번지는 아버지의 눈물보다 안경쓰고 바라
본 별빛 찬란한 하늘에의 감격으로 안경점을 뛰쳐나왔
다. 역근처 식당에서 저녁을 먹을 때 안경에 김이 서리
는 것만 안타까웠지 술잔을 기울이는 아버지의 눈시울
이 젖어 있는 것을 대수롭지 않게 여겼다.

고향을 떠나 객지로 이사한 후 주량(酒量)이 늘어가
는 아버지의 허탈한 모습을, 안경쓴 딸에 대한 아버지
의 연민처럼 측은지심으로 보던 사춘기.

그러나 대학진학 때는 아버지가 야속하기만 했다. 객
지에 오래 떠나보내기 싫은 부정(父情)으로 굳이 2년
제 대학으로 권했기 때문에 원망의 마음으로 2년을 보

냈다. 특출나지도 않은 딸의 고집에 뒤늦게 4년제 대학의 편입을 허락한 아버지는 졸업반이 되자마자 가까운 곳에 출가시켜 살게 하려고 사윗감 물색을 하셨다. 졸업후 친척댁에서 어쭙잖은 진로를 개척해보려고 머물러 있던 딸에게 아버지의 내려오라는 재촉이 성화같았다. 건강이 나빠져서 양약을 적량의 두세 배씩 복용하던 아버지의 진실을 다른 가족들도 눈치 채지 못했으니 그 외로움은 얼마나 큰 것이었을까.

일찍 두었던 세 자녀를 한 두 살 때 모두 잃고 넷째인 내가 자라서 남동생 셋, 여동생 하나를 차례로 봤기 때문에, 맏딸인 내게 대한 사랑은 친척과 이웃에게 '아들보다 딸을 아끼는 이상한 가풍'으로 보일 만큼 극진했다. 그러나 배려를 간섭으로 귀찮아 했으니 이제서야 아버지의 고독을 짐작할 것 같다.

막내동생에게 소주를 사오라고 할 때 찌푸리던 내게 "맥주를 마시면 독하지도 않고 시원할 텐데……" 하고 폭음에 대한 변명 같은 것을 들려주던 아버지는 얼마후 뇌일혈로 졸도한 후 아흐레만에 말씀 한마디 회복 못하고 그대로 운명하시고 말았다.

지금은 시원한 맥주쯤 매일이라도 사 드릴 수 있는 월급쟁이 딸이 술을 찾으시던 아버지의 마음을 이해한다 해도, 아직도 혼자인 딸이 권하는 술잔에 손을 내저으실지도 모르겠다.

(1984.)

어머니의 산울림

이름 모를 작은 꽃들이 여기저기 피어 있는 산길을 어머니를 따라 부리나케 걸었다. 지나온 발자국마다 반짝이는 햇살이 담기어 또 다른 꽃이라도 피어날 것 같아 뒤돌아보며 가고 싶은데 어머니의 걸음은 너무나 빨랐다. 한눈을 팔다 보면 어머니는 저만치로 멀어졌고 꽃이라도 몇 송이 따고 나면 오솔길 저편으로 어머니의 치맛자락만 보이며 솔바람이 한 움큼 다가와 나는 겁이 왈칵 났다. 이럴 때 달려와서 나를 업고 가 주시면 얼마나 좋을까.

나는 학교에 다닐 때쯤 해서도 나의 어머니가 자애롭다는 생각을 하지 않았다. 비가 부슬부슬 내리는 날이면 우산 들고 학교를 찾아오는 친구의 어머니, 아이들에게 친절하고 재미있는 동화를 들려주는 어머니, 외동딸을 위하여 밤새 바느질을 하면서도 딸만은 공주처럼 꾸며주는 홀어머니, 어느 민 곳에서 이따금씩 편지와 함께 예쁜 모자나 원피스를 보내 주는 친구의 어머니를 부러워했다.

그뿐인가. 『엄마 찾아 3만리』나 다른 동화에서 어머

니의 사랑은 위대하다고 느끼면서도 나와는 전혀 무관하다는 생각까지 했다. ·

지금 생각해 보면 우리 어머니가 그렇게 유달리 냉랭한 편이 아니었는데도 나는 불만이었다.

"어미 우렁이가 논 가운데 떠 있으니까 새끼 우렁이가 '우리 어머니 선유(船遊)하네' 했다더라."

나는 종종 어머니에게서 이런 말을 들은 일이 있다.

아기자기한 대화나 기분을 맞춰 주는 대신 행동으로만 큰 울타리를 만들어 주는 보살핌을 못 느꼈다. 그래서 자주 불평하는 내게 회초리 대신 들려준 비유였다.

할머니 품에서 자라는 맏딸이 어머니를 계모인가 의심하는 줄도 모른 채 맏며느리이며 외며느리인 어머니는 큰 집안의 살림을 대범하게 이끌어 가셨다. 내가 병치레를 자주하여 죽을 고비를 넘길 때마다 애간장 끓이시던 어머니의 노고나, 집안의 대소사를 주선하며 친척들에 대한 치다꺼리에 가쁜 숨을 몰아쉬던 처지를 이해 못한 철부지였다.

어느 날 친구들과 들길을 걸어 20리나 되는 마을로 놀러 갔다가 길을 잃었다. 어느 친구는 날이 어둑어둑해져서 방향을 못 찾게 되자 당장 어머니를 부르며 엉엉 울고 나도 무서워서 한 발을 못 떼고 있었다. 그때 K읍의 극장 스피커에서 자주 틀어대는 「산골짝의 등불」 노래가 언뜻 바람에 실려 왔다. "아득한 산골짝 작은 집에 아련히 등잔불 밝히며 그리운 외아들 돌아올 날 늙으신 어머니 기도해…." 이런 내용이 담긴 노래에 나는 문득 어머니의 얼굴이 떠올랐다. 우리 어머니는 지금쯤 어떻게 날 기다리고 계실까. 어머니! 나도 다른 아이들처럼 어머니를 부르며 크게 울었다.

밤늦게 불켜진 집안에서 뛰어나오며 안고 쓰다듬어 주던 할머니 뒤에서 조용히 눈물을 훔치던 어머니의 모습. 나는 그때 어머니의 속마음을 바늘귀만큼 알아챘던 것 같다.

자식들 거두기에 골몰하여 어미 우렁이가 자기 몸도 못 숨긴 채 황새에게 파먹혀 빈 껍질이 된 줄 모르고, 어미가 호강스럽게 뱃놀이나 하는 것으로 여긴 우렁이처럼 나도 철부지로 살아오고 있다.

깊은 수렁 속에서 쏟아지는 설움을 삼키며 지내 온 어머니의 빈 세월이 얼마나 길었으리라는 것을 이제야 느끼기 시작한다. 남들이 흔히 쓰는 말로 숲 속에서는 숲을 못 보듯이 어머니의 사랑 가운데 있을 때는 그 깊이를 못 느끼게 되나 보다.

이따금 지치거나 막막한 기분이 들면 어머니와 함께 바쁘게 걷던 산길을 생각한다. 서두르지 않으면 목표지까지 갈 수 없던 큰 배려를 모르고 마냥 놀고 싶던 어릴 때처럼 어리광의 자세가 아닌가. 발 밑만 살피다가 산의 큰 모습을 못 보게 되는 근시안이 된 것은 아닌가 하고 되돌아본다.

외가로 가는 길목의 커다란 소나무. 고향을 지켜 주는 그 구부정한 허리 위로 얼마만큼 비바람이 스쳐갔을까.

　언제나 흔들리는 잎새인 나의 약한 혼을 다잡아 주
는 어머니의 커다란 둥지, 세찬 바람은 언제나 바깥에
서만 머물게 하고 안으로 한 움큼 울음을 묻으며 버티
는 어머니의 의지를 나는 배우고 싶다.
　봄날을 부풀리는 아지랑이 깃처럼 부드럽지는 않아
도 머나먼 산울림을 가슴에 지닌 채 지켜보는 어머니,
어머니….

(1984.)

유언비어와 마술모자

김포공항 쪽에서 강변대로를 달리다가 양화대교 부근에 다다르면 국회의사당의 뒷모습이 보인다. 넘실거리는 한강물 줄기를 비껴서 메마른 샛강 곁으로 한 발 물러나 있는 국회의사당. 먼 거리에서 보면 둥그스름한 지붕의 돔이 고즈넉해 보인다. 그래서 어떤 생명을 품고 있다가 부화(孵化)시켜서 어느날엔가 날아올릴 것같은 환상을 갖게 한다.

일제의 흔적과 전란의 상처가 얼룩져 있던 서울 한복판의 옛 건물을 버리고, 한강 건너 여의도의 너른 곳에 당당하게 세워졌을 때만 해도 서울을 한 아름에 안으려는 기세가 느껴졌었다. 정문 앞에서 보면 앞으로 너른 마당과 부속건물을 멀찌감치 거느리고 있어서 양반의 체통을 지키려는 근엄함이 엿보인다고나 할까. 교회의 첨탑이 상징하는 초월적인 의미는 아니더라도, 풍랑 속에서도 끄떡없이 버틸 만큼 안정감이 있게 보였다.

그런데 어느 날부턴가 출근길에 보이는 뒷모습이 초라해 보이기 시작했다. 주변에 으리으리한 건물이 치솟은 것도 아니고 의사당 건물의 외벽이 퇴색하거나 샛강 바닥에서 먼지가 풀풀 날리고 있어서도 아니었다. 가장자리에서부터 여러 개의 석조기둥이 받치고 있는 윗부분, 그 평평한 지붕의 가운데에 자리잡은 둥그스름한 돔을 보며 가다가, 길을 꺾어 돌아 다시 정문 앞에서 바라봐도 생각이 바뀌지 않는다. 단상(壇上)에서 멱살다지기를 하고 난투극을 벌이는 그런 소란스러움이 연상되어서도 아니다. 언젠가 설마설마하면서 들은 유언비어가 생각나는 것이다. 사람의 목숨이 다하면 매장하러 갈 때 싣고 가는 상여(喪輿), 그 재래식 장의도구같아서이다.

입법·사법· 행정의 순서로 입법부가 우위인 것이 불만이었던 어느 행정수반이 의사당에서 자신의 정책에 이러쿵저러쿵하는 것이 못마땅해서 의사당 설계 때 상여처럼 하게 했다고 한다.

그것이 유언비어인 줄은 알면서도 지붕 가운데 둥그스름한 돔과 밑부분의 가는 기둥 여러 개가 위에 포장만 씌우면 영락없이 상여같이 보인다.

상여라니, 어렸을 때는 그 음울하고 무서운 이미지 때문에 소풍갔던 절(寺)의 단청(丹靑)을 봤을 때도 상여가 생각나서 도망치고 싶었었다.

우리 읍내에서 10여 리나 떨어진 곳에 상여집이 있었다. 야산 뒤쪽에 있었는데 그 산을 지나서라야 집에 갈 수 있는 친구가 비오는 날엔 상여집이 있는 쪽에서 귀신소리가 들려온다고 했다. 어느 날 친구네 집에 따라가면서 숨도 크게 안쉬고 그 야산에 이르렀는데 짙은 소나무숲 옆에 자리잡은 상여집은 적막 속에 묻혀 있었고 우리들의 발걸음 뒤로 솔숲에서 나는 바람소리만 쏴아쏴아! 하고 따라왔다. 그 산너머 자리잡은 아늑한 동네에 친구네집이 있었다. 처음 갔을 때는 동네 뒤쪽 산비탈을 끼고 펼쳐져 있는 배(梨) 밭에 만발한 하얀 꽃들이 눈앞에 서늘하게 다가왔었다. 좁고 어두운 친구네집보다도 늦봄이면 오디가 달콤한 뽕나무밭으로 뛰어갔고 가을이면 시원한 배를 맛볼 수 있어서 까치처럼 배밭 주위를 서성거렸다.

어느 해엔 배밭 뒷길로 해서 산으로 가다가 반대편에서 오는 상여와 장례일행을 만났다. 무서우면서도 베옷 입은 유족들을 돌아보며 갔는데 곧바로 나타난 기와집. 건강하던 주인이 이사오자마자 앓기 시작하더니 결국은 상여를 타고 떠났다고 한다. 어른들이 그 집은 흉가(凶家)라고 했다. 그래서 이사오는 사람마다 병이 나거나 망해서 나가는 귀신붙은 집이라고 말했었다.

얼마 뒤에 갔을 때 주변엔 목백일홍이 붉게 피어 있는데 그 집 대문은 굳게 잠겨 있던 생각이 난다.

이탈리아 국회에서는 우리 나라의 의사당같은 유언비어가 없는데도, 난투극 등을 벌여서 국민들이 외면하자 마음을 돌려보려고 의사당에서 시낭독회를 열었다고 한다. 작년에 열었던 미술전람회의 반응이 좋았던 것에 자신을 얻어 지난 2월엔 5천 명의 방청객을 초청해서 시낭독회를 열었던 것인데 TV로도 중계되어 관심을 모았다는 것이다.

우리도 그런 흉내는 내도 좋을 것같다. 난투극으로 명예가 실추되고 일부에만 알려진 유언비어이지만 금기의 도구를 닮았으니.

귀신붙은 흉가나 귀신소리가 들리는 상여집은 보통 사람들이라면 다 피하려 할 것이다. 나 역시 죽음이 인생의 끝이요 삶의 모든 가치의 끝이라는 것을 초월하지 못한 범인으로서 의사당 건물이 상여 닮은 사실을 꺼림칙하게 여기며 지나치는 게 보통이었다.

오늘은 출근길에 안개가 짙어서 당산철교 부근에서 자동차가 꼼짝도 않고 있는데, 의사당쪽을 내다보니 맨 윗부분 둥그스름한 돔이 안개 속에서 드러나고 있다. 가까운 나무에서 새들이 펄럭거리는 소리를 들으니 마술사의 낡은 모자가 생각난다. 휙 돌리면 비둘기가 날아오르던 그 모자처럼 윗부분만 안개 속에 둥그스름하게 솟아오른 국회의사당.

정거했던 자동차가 갑자기 출발하자 모자 속에서 튀어나오던 비둘기처럼 불현듯 생각나는 것이 있다.

어렸을 때 흉가라고 비워뒀던 친구네 동네 그 집에 새주인이 들어와서 잘 살고 있다고 해서 부랴부랴 달려갔었다. 과연 잠겼던 대문이 활짝 열리고 마당가엔 병아리가 모이를 쪼고 방안에선 아기 울음소리가 들려 나왔었다.

어른들이 귀신들린 집에는 약한 사람이 오면 망해

나가고 강하게 이겨내면 성공한다더니 제대로 임자를
만난 거라고 좋아했었다. 과연 살림도 불어나고 성공했
다는 후문(後聞)이 오늘 아침 떠오른 것이다.

귀신들린 집에 용기있는 사람이 들어가 불행요소를
이겨내고 승리한 것을 생각하며, 정의와 용기의 주인공
들이 국회에 들어간다면 의사당이 상여집 같다 해도 분
열과 반목대신 화합으로 발전할 것이라는 희망을 가져
본다.

이런 생각으로 의사당을 보니 언제 부화시켰는지 비
둘기떼가 날아오른다. 안개 속에서 누가 마술모자를 휙
돌린 듯이.

이러다간 국회의사당이 마술모자 같다는 유언비어가
또 나돌지도 모르겠다.

(1994.)

새우와 무맛이 어우러지듯

"민물새우나 떠다가 무 두툼하게 썰어 넣고 고춧가루
맵게 풀어 지져먹으면 좋겠다."

입맛이 떨어질 때 어머니는 곧잘 이런 말씀을 하셨
다. 끓기 시작할 때 재빨리 뚜껑을 열지 않으면 금방
끓어 넘치는 민물새우탕. 잿빛으로 톡톡 튀던 새우가
어느새 빨갛게 익고 난 뒤엔 그야말로 온 동네에 매콤
하고 구수한 냄새를 풍기며 끓던 것이 눈에 선하다.

시골 친척 댁에 갔을 때 헌 얼기미(발이 굵은 체)를
들고 나가서 논 가장자리 물이 고여 있는 곳에 담글
때, 가슴이 얼마나 뛰었던가. 오래 두근거릴 사이도 없
이 재빨리 들어낸 체 밑바닥에서 팔딱거리던 새뱅이 몇
마리. 그것은 정말 경이로움이었다. 둠벙 몇 군데를 더
돌아다니며 건져낸 새뱅이를 들고 돌아오는 길목의 파
릇한 쑥이며 민들레. 하늘을 올려다보노라면 저편 언덕
에서 끊일듯 끊일듯 들려 오던 버들피리 소리.

검불과 함께 건져 온 새뱅이를 어른들이 골라내는
사이 우리는 무를 묻어 둔 움을 파헤쳤다. 흙덩이를 들
치고 꺼낸 무통은 우리 머리만한 것이 어느새 샛노란

싹이 나서 노란 국화꽃송이처럼 매달려 있었다. 뿌리를 땅에 묻지 않고도 새싹을 키우는 무나, 물을 떠나서도 계속 팔딱팔딱 뛰던 새뱅이. 이런 생명의 경이로움으로 어릴 때는 우리 가슴도 많이 두근거렸다.

이제 세월이 지나는 동안 웬만한 일에도 가슴이 뛰지 않고 뜨뜻미지근한 느낌만 갖게 된 지도 오래이다. 그뿐인가, 민물새우를 새뱅이라 부르던 것도 옛일이지만 그것을 잡을 수 있던 것도 옛날 얘기가 돼 버렸다. 어쩌다 시장 한구석에서 자그만 양재기에 담아서 파는 것을 봤지만 논 가장자리에선 살지도 않고 농약 뿌린 논에서 먼 도랑에나 있을까말까 하다. 농약이며 수질오염 등으로 향토음식이라든가 재래종 채소·곡물 그리고 물고기까지 사라지는 판국에 민물새우가 사라진 것이 이상한 일도 아니다. 제비도 날아올 수 없이 매연으로 찌든 하늘에 살다 보니 사람들이 한가하게 옛날 식품에나 매달려 있을 수만도 없게 돼 버렸나 보다. 게다가 젊은 세대들은 손쉽게 구할 수 있는 재료라든가 인스턴트 식품에 길들어 버려서 한두 끼쯤 적당히 때우는 간편한 식생활에 익숙해지고 있으니.

사는 모습이 다양해지고 사고가 또한 다극화되다 보니 같은 음식이라도 자기네가 선호하는 것만 편식한다든가, 재료도 기호대로 어느 것만 듬뿍 넣고 어떤 것은 생략해 버리는 경우가 예사로 돼 버렸다.

어쩌면 식생활뿐만 아니라 생각이나 행동에도 다각기 계층에 따라 자기네의 주장만이 옳다고 시끄럽다.

자기네가 생각지 못한 것이나 보이지 않는 진실도 있음을 생각지 않고 편견에 사로잡혀서 상대편을 의식하지 않는 탓에 사회는 온통 대결뿐이다. 이른바 격동기에 살면서 뜨겁고 화끈한 것을 찾는 민족성이 유난히 드러나는 일련의 세태를 많이 보게 된다.

머칠 전 동대문 지하도 입구에서 팔딱팔딱 뛰는 새우를 자루에 넣고 파는 것이 너무나 반가워서 사갖고 와서다.

무가 없어서 신 김치줄기를 씻어서 넣고 양파를 듬뿍 넣고 끓였는데 옛날의 제맛이 아니다.

새우찌개야말로 무를 두툼하게 썰어서 새우와 함께 넣고 펄펄 끓이다가 고춧가루를 듬뿍 넣고 오랜 시간 다시 끓여서, 무가 푸욱 무르고 새우맛·양념맛이 잘 배어든 다음에 식지 않는 그릇에 떠서 먹어야 국물맛이 시원했던 것이다.

나는 나머지 새우야말로 제맛나게 끓여먹으려고 무를 사왔다. 옛날 어른들은 금방 가게에 안 나가도 필요할 때 쓸 수 있도록 묻거나 싸서 잘 보관해 뒀었지만 우리는 그때 그때 간단히 해결하려는 버릇에 익숙해졌다고 생각하며 무를 썰어 넣고 성급히 불에 올려놓았다. 그리고 생각해 보니 고춧가루가 모자란 것 같아 잠시 불을 줄이고 가게에 갔다왔더니 이게 웬일인가. 국물이 어느새 확 끓어 넘쳐서 새우까지 달아나 버리고 말았다.

남은 새우를 다시 넣고 물을 붓고 불에 올려놓으면

서 고춧가루를 싸 준 신문지를 펴 보니 여기도 노사분
규 사태다. 서로 상대편의 의사를 외면하고 활활 타고
절절 끓기만 해서 섣불리 곁에 다가갈 수도 없이 대립
된 이들.

새우 한 가지만으로 맛있는 새우찌개를 끓일 수 있
다는 생각을 가진 이들이 요즈음은 꽤 많은 것 같다.

뜨겁고 화끈한 새우찌개가 맛이 있다는 것은 알면서
도, 그것이 배만큼이나 시원한 무맛과 오래 끓이는 동
안 어우러져서 이뤄낸 것이라는 사실을 잊고 그저 새우
가 맛있기 때문이라고 단적으로 짐작해 버리려는 이들.

은근과 끈기가 우리네 심성으로 여겨지던 것도 민물
새우가 귀해진 것처럼 옛말이 되었을까.

음식은 맵고 짠것을 즐겨 먹었지만 심성은 은근하고
끈기가 있다는 것으로 평가되던 때가 소중해진다.

화염병 불꽃 대신 우리들 전통의 마음이나 밝음이
다시 찾아오기를 기다리는 이가 많을 것이다.

민물새우가 끓어 넘치듯 이웃에 대한 이해와 사랑이
넘치고 화끈한 가슴끼리 뜻을 통할 때 얼얼한 찌개를
마셔도 시원하지 않겠는가.

(1989.)

춘풍의 처와 남장 여인 포샤

교통수단이라면 동양이나 서양이나 말달리는 소리와 뽀얀 먼지가 연상되는 그 옛날, 지구의 한쪽에서 이뤄지는 일들을 반대편에서 어떻게 알았을까.

동·서양의 고전을 읽다가 우연히도 공통점이 발견될 때는 소풍 가서 보물찾기를 해낸 것 같다. 중세에 우리 나라 고전이 영국에 소개됐을 리도 만무하고, 영국 고전이 우리 나라에 건너왔을 리도 없는데『이춘풍전』과 셰익스피어의『베니스의 상인』에 나오는 여자 주인공의 공적이 너무나 닮았다.

우선 남자 주인공이 저지르는 행각을 본다. '춘풍'은 알려지다시피 인물이 헌칠한 바람둥이, 주색잡기로 가산을 탕진하고 끼니를 못 잇게 되자, 부인에게 다시는 그런 일을 않겠다고 요즈음의 각서격인 수기(手記)를 써준다. 그러나 부인의 삯바느질로 연명하며 얼마동안 근신하던 춘풍에게 이름자처럼 봄바람이 불어 다시금 몸이 들썩거리게 된다.

드디어 이자가 높은 호조(戶曹) 돈을 5천 냥이나 언어서 장사로 한 밑천을 잡겠다고 큰소리 치고 평양으로 떠나는데 의기양양, 행차부터 호화롭다. 삯말 얻은 말 잔등에 호피(虎皮)를 얹고 대감행차처럼 나섰는데, 평양 근처에 다다르자 난만한 꽃과 실버들·새소리 등 화창한 경색이 '춘풍'의 마음을 흔들어 놓는다. 게다가 호화판 객사에 머물며 바라본 화려한 집이 기생 추월의 집이라니.

『베니스의 상인』의 남주인공 '바사니오'도 호사스러운 생활로 많은 빚을 진다. 안토니오에게 허울좋은 말로 빚을 탕감해 달라며 다시 꿈 같은 벨몬트에 갈 여비를 꾸어달라고 한다. 그곳엔 예쁘고 고결한 인품으로 소문난 '포샤'가 있었는데 구혼하러 가기 위해서였다. 사업으로 석달 동안 현찰이 없다는 안토니오를 보증인으로 작정하고, 고리대금업자인 샤일록에게 석달 만에 세 배로 갚겠다는 약속을 한다. 그러나 샤일록이 약속한 기일과 장소에서 갚지 못할 경우 안토니오의 살을 1파운드 떼어낸다는 끔찍한 조건에 응해버린다.

신중하지 않은 결정, 남의 돈을 겁없이 얻어내는 솜씨가 춘풍이나 바사니오나 마찬가지. 이렇게 얻어낸 큰돈으로 어떤 일을 이뤄냈던가.

서울의 춘풍이 돈과 상품을 가득 싣고 와서 평양, 그것도 가까운 객사에 머물고 있다는 소식에 평양 명기 추월이 쾌재를 불렀다. 추월의 계교를 모르는 춘풍은 추월이 접근하여 부리는 교태에 그만 무너지고 만다. 장사로 잃어버린 가산을 만회하겠다는 결심이 추월의 절묘한 술책과 맵시에 허물어져서 큰돈을 날리는데 1

년도 안 걸린다. 돈이 있는 동안은 꿈속과 같은 나날이
었다.

벨몬트로 포샤에게 구혼하러 간 바사니오도 행복하
기는 마찬가지. 포샤와 만나는 순간 빛나는 눈매로 포
샤의 마음을 사로잡는다. 아버지의 유언대로 여러 개의
상자 중에서 글귀가 들어 있는 상자를 맞춰내는 남자와
결혼해야 하는 포샤는 꼭 바사니오가 그 상자를 고를
수 있도록 조바심하며 정성을 다한다. 바사니오가 이웃
나라 왕들과 귀족을 물리치고 그 문제의 상자를 선택하
는데 성공했을 때의 기쁨이란, 포샤가 아끼던 반지를
주었을 때 이 반지가 내 가슴속에서 떠나는 날은 '내
생명이 떠나는 날'이라고 감격한다.

그러나 바사니오가 빚을 얻을 때 보증을 섰던 안토
니오의 화물을 실은 배가 파도에 휩쓸려 파선했다는 소
식이 온다.

춘풍의 아내는 남편이 추월에게 재물을 다 날리고
그 집에서 구박 받으며 막일로 연명하고 있다는 소식에
가슴을 두드리며 통곡한다. 포샤도 남편감으로 선택한
바사니오가 곤경에 처하게 되자 구출하기 위해 백방으
로 노력한다.

평양감사로 부임하는 이웃 대감에게 부탁하여 비장
(裨將)으로 가장하여 남편을 구출하려는 춘풍의 아내,
바사니오를 구하려고 서둘러 결혼하고 작은 아버지에게
청하여 법학박사로 재판정에 판사로 선 포샤.

그들은 방탕하거나 허황된 남편의 실패를 수습하기

위해 남장(男裝)한 여인으로 준엄하고 추상같은 호령을 한다. 동헌에서 나랏돈을 탕진한 춘풍의 죄를 추궁하고 기생 추월이를 잡아들여 오천 냥의 빚을 갚겠다는 약속을 받아내는 당당한 춘풍의 처. 포샤는 법정에서 샤일록에게 계약서에 쓰인 대로 살 한 파운드를 떼어내되 피를 한 방울도 흘려서는 안된다는 판결로 오히려 샤일록을 궁지에 몰아 넣은 명판관이었다. 그러나 그들은 겉으로는 준엄하고 추상같은 호령을 했으나 각각 형틀에 매여 곤장을 맞는 춘풍과, 법정에서 열세에 몰린 바사니오에 대한 연민으로 속마음은 괴로웠다.

큰돈을 꾸었다가 위기를 당한 남성을 남장한 여인이 기지를 발휘하여 구해내는 점이 동·서양의 고전에서 느낀 공통점이었다면 그 뒤풀이는 어떻게 되었던가.

위기에서 구해준 비장에게 "은혜 백골난망이로소이다. 서울 가서 댁에 먼저 문안하오리다"하고 감지덕지 했던 춘풍이건만 서울집에 와서 부인을 보고는 평양에서 호강한 척, 반찬 투정에 구박이 자심하다. 재판중 곤경에서 구해준 판사에게 사례하려던 바사니오는 돈을 거절당하고, 포샤에게서 받은 반지를 달라고 조르는 판사에게 주어버린 터라 포샤를 만나기가 조마조마하다.

갖은 고초 끝에 비장노릇으로 남편을 구한 춘풍의 아내지만, 개과천선을 못한 남편을 깨닫게 하기 위해 다시금 평양에서 찾아온 비장처럼 꾸미기로 한다. 춘풍에게 평양에서 추월의 하인으로 참혹하고 남루하게 지내던 시절을 깨우친다. 그때까지도 비장의 정체를 모른

채 자기 아내가 들을까 봐 안절부절 못하는 춘풍. 포샤
는 바사니오에게 자기가 준 반지의 행방을 묻고는 분해
서 어쩔 줄 모르는 척 한다.
　끝내는 부인들의 기지로 시험 당했음을 알게 되기까
지 독자들은 쾌재를 부르게 된다.
　끊임없는 남성의 허세와 배짱, 순종하는 연약한 여성
에게도 여걸의 지혜가 잠재해 있음은 이 두 고전 속에
만 있는 공통점일까?

(1993.)

살리에리의 친구

　모차르트의 서거(逝去) 2백주년이었던 작년에는 국내에서도 추모음악회가 많이 열렸다. 이름난 연주자와 악단의 음악회엔 가보지 못했지만 명연주를 들으면서 몇 년 전에 봤던 영화 「아마데우스」에서의 감회를 떠올렸다.

　영화를 보면서 엉뚱하게도 모차르트를 죽음으로 몰고 간 '살리에리'에게 동정심을 느꼈다. 신에게서 재주를 흠뻑 받은 모차르트에 비해 평범하기만한 자신을 초라하게 느끼고 고통받은 살리에리. 위대한 작곡가로서 신의 영광을 찬미하고픈 그의 기도가 분수에 맞지 않는 허욕임을 냉철하게 못 느낀 건 어쩌면 우리들, 아니 내 모습도 그 범주에 들겠기에 그의 편이 되고 싶던 것이었다. 「아마데우스」는 확증이 없다는, 살리에리의 모차르트 독살설(設)을 근거로 만든 것이다. 모차르트가 죽은 지 32년 후, 자살미수로 병원에 입원한 살리에리가 신부에게 고백하는 회상장면이 반복되면서 영화는 진행된다.

　신을 찬미하는 가장 뛰어난 작곡가로 우뚝한 존재이

고 싶었던 살리에리는 경망스럽고 신중하지 못한 떠벌이 모차르트의 작품 한 곡만 듣고도 압도당한다. 죽은 뒤에도 자신의 음악이 예찬 속에 연주되기를 바라는 것. 그것은 살리에리가 아니더라도 예술가를 지망한 모든 이가 품을 수 있는 욕심일 것이다. 영화 전반부에 그가 어릴 때 기도하고 서원(誓願)하던 장면이 있었다.

"신이여, 저를 위대한 작곡가가 되게 해 주십시오. 음악을 통해서 당신의 영광을 찬양하도록 해 주시고 제 자신도 찬양받게 해 주셔서 온세계 만방에 이름을 떨치는 불후의 작곡가가 되게 하소서. 제가 죽은 뒤에도 제 작품이 영원히 사람들의 사랑을 받게 해 주소서."

신앙으로 간구한 살리에리의 바람이 실현되기 어려운 야망에 지나지 않는다는 것을 영화가 진행되면서 천천히 알게 됐다.

모차르트를 만나기 전까지는 살리에리의 바람이 순조롭게 이뤄졌다. 이탈리아의 시골 출신으로서 비엔나에 진출하여 음악 애호가인 요세프 황제를 모시는 궁정 악장이 됐고, 그의 작품이 궁중인들의 사랑을 받았으니. 그런데 비엔나에 연주 여행 온 모차르트를 만난 그날 밤, 살리에리의 인생이 바뀌었다. 애인 콘스탄체와 경망스럽고 천박한 행동을 보여 준 모차르트였지만, 대중 앞에서 연주한 「세레나데(NO 10, K361)」 한 곡을 듣고 '하느님의 음성을 들은 것 같았다'고 살리에리는 회상했다. 푼수로 보이는 모차르트를 신의 도구로 삼은 신께 대한 원망과 함께 수년 동안 쌓아 온 그의 공적이 무너지는 듯 했다. 그의 명성도 모차르트가 등장하고 나서는 물거품으로 사라질 것이 분명해진 것이다.

자신의 등장이 살리에리에게 청천벽력 같은 충격임을 모르는 모차르트는 그의 존재쯤 대수롭지 않게 여긴다. 전혀 라이벌로서의 전의(戰意)가 없다. 그러나 모차르트에게는 의도하지 않은 승리가 이어진다. 살리에리가 모차르트를 환영하려고 만든 행진곡을 단 한 번 듣고 그것을 훌륭한 변주곡으로 연주해서 사람들을 경탄하게도 만든다.

모차르트의 작품에 위축된 살리에리는 자신의 욕심이 부질없게 느껴져서 신을 원망하기에 이른다.

"신이시여, 제가 원했던 것은 오직 주님을 찬미하는 것이었는데 주님께선 제게 갈망만 주시고 절 벙어리로 만드셨으니, 왭니까, 말씀해 주십시오. 만약 제가 음악으로 찬미하길 원치 않으신다면 왜 그런 갈망을 심어주셨습니까. 갈등을 심으시곤 왜 재능을 주지 않으십니까."

제3자인 우리는 이 원망이 얼마나 무력하고 하잘 것 없는 푸념인가 하고 느껴지기도 한다. 어쩌면 자신의 욕심이 허영심에 지나지 않을 뿐 신께 영광을 돌린다는 것으로 위장됐다고 여길 수도 있다.

살리에리는 모차르트의 천재성을 누구보다도 먼저 느낄 만큼 판단하는 능력이 있어서 그의 한 곡 한 곡이 놀라움이 되는 반면 고통의 씨앗이 되기도 했다. 작품마다 하느님의 음성, 순수한 아름다움의 극치인 것을 거듭 느낀다. 결국 신을 원망하다 못해 신의 창조물인 모차르트를 파멸시키겠다고 경고한다. 그야말로 신께 대한 도전장을 낸 셈이다.

영화는 살리에리의 음모대로 모차르트가 진혼미사곡을 독촉받으며 작곡하던 중 쇠약해지고 술과 약물 중독, 그리고 결국은 죽게 되는 내용으로 이어진다. 모차르트가 죽은 후 32년 동안 죄의식으로 괴로워하다 자살을 기도, 실패한 살리에리가 고백하던 처절한 모습. 사람은 죽음을 앞에 두고는 착해질 수 있다는 옛말이 기억나던 영화. 젊은 날의 서슬 푸른 질투가 사라지고 괴로움만 남아서 참회하던 처절한 모습은 사실처럼 설득력이 있었다.

이 영화는 1984년도 아카데미상에서 살리에리 역의 '아브라함 머레이'가 받은 남우주연상을 비롯하여 최우수 작품상 등 9개 부문의 상을 받을 만큼 잘 만든 영화이기도 했다.

우리는 신동이고 천재, 아니 신의 도구였던 모차르트를 시기하여 원망할 만한 예술가의 수준도 아니다. 살리에리는 역사상 작곡가로서의 위치가 뚜렷하다. 한때 베토벤과 슈베르트에게 작곡을 지도했고 40여 곡의 오페라·발레음악, 그리고 교회음악을 발표한 것으로 전해 온다. 그가 대등하게 겨눌 만한 경쟁 상대를 만났더라면 불운하지 않았을 것이다. 정당한 라이벌 의식을 가지고, 미워하기보다 자기 성장을 재촉했을 것이다.

우리는 수세기 후에 태어났기 때문에 '신의 아들'이란

뜻인 아마데우스에 대한 범재(凡才) 살리에리의 갈등이 얼마나 무모한지 냉정하게 평가할 수 있다. 모차르트가 신의 아들임을 인정하면서도 신께 도전한 것이 만용이라고 비웃을 수도 있다.

결국 영화 「아마데우스」는 모차르트의 화려하고 순탄한 듯 했던 생애를 살리에리의 질투 어린 시선으로, 정면 아닌 프로필로 그린 모차르트 찬가에 지나지 않는다.

살리에리의 인생관도, 후세의 시인 괴테가 모차르트에 대한 평가를 '오직 세상에 한 번 있을 수 있는 인간의 완벽'이고 '구원의 기적'으로 내리고 철학자들의 찬양까지 길이길이 이어질 줄 알았더라면 달라졌을까.

모차르트와의 만남을 피할 수 없는 운명적인 만남으로 수용했더라면 어땠을까. 그야말로 신의 도구인 모차르트와 동시대에 살고 가까이 대할 수 있는 것만으로도 영광으로 여겼을 것이라는 상상이 가능하다.

오늘을 사는 우리도 인간의 운명이 신의 손에서 좌우되고 운명의 굴레에서 벗어날 수 없는 존재임을 깨달아야 할는지.

다양한 모양의 경쟁을 치러내야 하는 현대를 살아가면서 다시 한 번 생각하게 된다. 의지로써 상대방의 장점·개성을 인정하고, 창조적으로 수용함으로써 공존과 발전을 피해야 할 것이다.

모차르트의 이웃은 될지언정 살리에리의 친구는 사양하고 싶다. (1992.)

고단한 감나무

가을의 끝자락에서 노란 국화의 빛깔이 삭아내릴 때, 저만치서 빨간 감을 매단 감나무가 서운한 듯 지켜본다. 겨울행의 징검다리는 눈에 보이지 않아도 뜨락의 국화가 하늘가의 감에게 그렇게 바톤터치를 하면서 겨울 예고의 찬바람이 옷깃을 여미게 한다.

하늘 가까운 꼭두까지 물기를 끌어올려 익힌 인고(忍苦)의 열매, 눈물겨운 결실을 아껴서 두고 보려는 것이 아니다. 까치의 먹이로 남겨 놓아 자연과의 조화, 생물끼리 돕는 눈물겨운 섭리인 것을.

서울 여의도에 있는 문화방송옆 길가에 감나무 열 그루가 매연 속에서 탐스러운 열매를 달고 있다. 가까이서 볼 수 있는 내게도 기쁨이지만, 행인들의 눈이 놀라움 반, 기쁨 반으로 커지는 것을 본다.

늦가을, 4층 사무실 창가에서 내려다보면 감이 빨갛고 빛나서 알전구 같다. 가을 잔치를 끝낸 단풍잎새의 길목을 비춰주기 위해서 매어단 것처럼 보인다.

얻은 것보다 잃은 것이 많다고 애석하게 여기는 이들에게도 가는 계절의 마감 시간을 연장해 보라고 남은 파수병 같다.

맑게 갠 날, 감나무 밑에서 하늘을 올려다보니 감나무 둘레는 어느새 수심 깊은 호수가 되어 있었다. 청량한 바람을 크게 들이마시고 다시 보니, 동그란 감과 가느다란 가지와의 어울림이 절제와 생략기법의 동양화같다. 빈 가지 사이의 넓은 여백은 이해타산으로 덤비던 이들을 넉넉한 마음의 품으로 여며준다. 이 세상에서 많은 것을 얻었어도 정작 중요한 한 가지를 얻지 못한 아쉬움, 반대로 모든 것이 사라져도 마지막까지 남을 수 있는 언어가 무엇인가를 골똘히 생각해보게 된다.

몇 년 전, 여의도의 찻집에서 혼자 앉아 있는 ㄱ교수님을 만났다. 방송출연차 오셨느냐는 문의에 대답 대신 오래 웃으시더니 "여의도의 보물인 감나무를 보러 왔죠" 하셨다. 신촌에서 여의도까지 감나무를 보려고 오신 것이 너무나 인상적이었다. 그때부터 나도 덩달아 감나무에 대한 애착으로 특별한 시선을 보내게 됐다.

서리가 내린 이른 새벽, 출근해서 보면 새벽잠을 털고 세수한 듯 청신한 얼굴로 맞아준다. 떨어지는 것, 사라져간 것들에 대한 허무감, 지난 계절을 허송한 반성의 시간으로 사람들의 가슴이 시린 줄도 모르고.

이 계절에 너 하나만으로도 우주가 충만할 수 있다고 찬사를 보냈나 보다. 찬바람에 볼이 시린 줄 모르고 매달려 있는 걸 보면. 빨간 신호등처럼 허욕에 들뜬 나를 멈추게 한다. 아니 의욕은 있어도 열정이 없어 이루지 못한 것을 아쉬워하지 말라고 타이르기도 한다.

시간은 나무 위에서 열매를 야무지고 빛나게 하려고 애썼나보다. 그래서 마침내 우주의 심장처럼 버티는 당당함 앞에서 초라해지는 부끄러움을 인정해야 한다. 세속의 욕망을 다 버리고 손닿을 수 없는 꼭두에서 고고하게 매달린 모습, 그것은 실리와 타협하지 않는 사람의 외롭지만 고매한 삶을 생각나게 한다. 부단히 갈고 다듬어 빛나는 언어로만 이뤄내는 창조의 열매를 거두고, 평범한 이들을 내려다보는 위치에 선 사람을.

오늘 아침엔 길모퉁이에서 낙엽을 모아 태우고 있었다. 그 연기에 나무 꼭대기에 있던 감의 모습이 가물가물해지고 있었다.

내가 얼마동안 본 것은 실로 허상이었던가. 꿈은 풍선처럼 날아가 버리고 방황과 좌절에 빠진 이들에게 등불처럼 보이던 것도 잠깐이었다.

시골에서는 날아 다니는 까치의 양식으로 남겨지는 것이지만 도회지의 길목에서는 볼품이 없어지면 장식품이던 감의 임무도 끝나버린다. 산호조각 같은 짙은 농도의 마지막 말을 남기고 저녁햇살 앞에 표적 없는 화살처럼 떨어져도 좋으리라.

어떤 몸짓이든 산 좋고 물 맑은 고향을 떠나와 번잡한 도회지에 서있는 감나무. 그것은 바로 고단한 현대인의 모습이 아닌가.

　몇 년 전에 감나무를 보러 오셨던 ㄱ교수님은 감나무에게서 향수를 깊이 느끼신 것 같다. 오랫동안 재직 중이던 서울의 대학을 훌훌 버리고 남단의 고향, 바다의 품에서 살며 고향 근처의 지방대학으로 옮기셨다.

　몇 개 매어 달린 감이 동양화 같지만 정물처럼 조용한 것이 아니라 사람의 마음을 움직이는 역동적(力動的)인 의미를 지녔음을 ㄱ교수님의 귀향에서 깨닫는다. 「맨 마음 빈손으로 돌아간다」는 글에서 ㄱ교수는 귀향 이유를 여러모로 밝혔지만, 도회의 감나무도 귀향의지를 굳혀주었으리라고 추측된다. 도회지 감나무의 언저리가 ㄱ교수에겐 고향 둘레나 마찬가지였으리라. 어릴 때 몸부비며 기대던 산들이 오순도순 하고 바다의 물안개가 스며드는 고향, 그 속에서 소박한 인정에 가슴을 덥히고 청아한 새소리에 귀를 틔우며 살고 계시다.

　고향과 순수를 찾아주는 감나무.

　감나무는 지역적인 고향만이 아니라 순수하던 마음의 고향까지 찾아주는 몫을 하지 않았을까.

　목표를 탐내서 눈은 충혈되고 욕심으로 얇아진 가슴, 그리고 경쟁으로 냉혹해진 우리에게 지순한 눈빛과 너그러운 사랑, 소망을 소생시켜줄 것을 기대하며 감나무 둘레를 서성거려 본다.

　어쩌면 마음의 고향을 찾아주는 것은 고단한 감나무의 몫이 아니고 진실한 사랑이 담긴 문학인의 사명인 것을.

(1994.)

후문(後門)

창경궁 앞을 지나노라니 어떤 부인이 허겁지겁 다가와서는 의과대학 후문을 묻는다. 옛날 약학대학이 있던 동숭동 쪽으로 나가는 문을 알려 주었으나 아무래도 잘못된 것 같아 "여보세요" 하고 불러 보니 이미 신호를 따라 반대편으로 건너간 후였다.

아무리 흰옷이 유행이라지만 여인의 하얀 한복 뒷태가 쓸쓸해 보여서 대학병원 영안실 쪽의 후문을 물었을 것 같은데, 불러 세우기엔 너무 늦었다. 서른은 되었을까. 다시 확인하려고 물어오기를 기다리고 있는데 여인은 허겁지겁 달려가고만 있다.

나는 20대 초반을 여기서 멀지 않은 원서동(苑西洞)에서 살았기 때문에 지금도 이곳에만 오면 잠시 20대 시절로 되돌아가곤 한다.

내가 다닌 학교는 아니지만 시계탑이 있는 의과대학엘 자주 갔고, 담쟁이 덩굴이 덮인 의과대학 건물을 지나 동숭동 쪽으로 내려가면 약학대학, 그 문을 나서면 건너편의 문리대 등 지금은 이사해 버린 S대학교 자리에 애틋한 그리움이 남았나 보다. 그래서 나는 서슴지 않고 그편 문을 후문이라고 단정해 버린 것이다.

전차도 사라지고 주변 건물도 많이 헐렸지만 아직도 가슴속엔 허물지 않은 기대나 꿈이 남았음일까. 마음이 아득한 벼랑 끝에 서있을 때면 느릿느릿 걸어서, 바람소리와 투명한 햇빛과 새벽 안개, 그리고 여린 가슴으로 파닥거리던 내 젊은 날의 잎사귀와 만나기 위해 이곳으로 오고 싶어진다.

20여 년 전, 서울로 처음 왔을 때는 길을 몰라 당황할 때가 많았다. 돈화문(敦化門) 근처에 있던 경전(京電, 한국전력 이전의 이름) 북부지점은 큰길가에 있었기 때문에 쉽게 찾았지만 골목이 많은 원서동, 계동, 원남동을 다니면서 많이 헤맸다.

이 골목에 들어서면 저쪽으로 가는 지름길이겠지 하고 가다 보면 막다른 골목이고, 낯익은 길 같아서 걷다 보면 웬걸 엉뚱한 언덕이어서 찔레꽃 핀 양옥의 담장만 되돌아보며 돌아선 것도 몇 차례였다.

서울에 온 지 몇 달 후였다. 시내에 나갔다가 금원담을 끼고 돌면서, 여느 땐 못 듣던 개울물 소리가 들려오는 방향으로 발길을 돌렸다. 얼마쯤을 걸어도 변화없는 담장만이 계속되어서 돌아서려다가 문득 눈에 띄는 것에 이끌렸다. 담 밑으로는 맑은 물이 졸졸졸 흐르고 주변엔 달개비꽃과 망초가 몇 포기 한가롭게 흔들리고 있지 않은가.

더욱이 그 위에는 붉은 빛깔이 조금은 남아 있는 작은 대문이 있고 대문의 지붕 기와에는 짙푸른 덩굴이 우거져서 이름 모를 새들이 지저귀고 있었다.

나는 온종일 헤매다 내 집 앞에 다다른 듯이 대문 앞 층계에 털썩 주저앉아 버렸다. 어디를 가도 걸터앉을 마루 한쪽 보이지 않게 꽁꽁 걸어 잠근 서울의 대문들.

뜻밖에도 골목 끝에서 내가 발견한 대문은 낡고 문고리도 녹슬어서 밀쳐 봐도 꿈쩍않고 잠겨 있는 금원의 후문이었지만, 인심 좋게 후원을 드나들게 하던 시골 부자네 후문처럼 친근하게 보였다.

먼길을 걷다가 아픈 다리도 쉬어 보고 냉수 한 사발을 손쉽게 청해 보던 허술한 주막집의 분위기처럼 소탈한 분위기가 더욱 좋았다. 어디 가나 매끄럽고 현란하여 긴장시키던 도회의 부담감을 잊게 하였다.

시골 친척 댁도 큰 대문 사랑채로 가면 어른들 기침 소리가 많았지만 작은 후문으로 들어가면, 도라지꽃 핀 안마당 섬돌 위엔 예쁜 고무신이 놓여 있고 수를 놓던 새댁이 우리들을 반갑게 맞아 주곤 했다. 그리고 뒤란에서 잘 자란 감나무는 상쾌한 나무 그늘을 주고 가을이면 잘 익은 열매로 우리를 기다렸다.

그러나 후문에는 은밀한 일이 일어나서 쉬쉬하며 닫혀지는 비밀을 지니기도 했었다. 남몰래 떠나거나 쫓겨나고 굳게 닫혀지는 후문의 생리를 모르던 시절을 보내고 서울로 왔는데, 뜻밖에 마주친 금원의 후문은 도회에서 당황한 마음을 가라앉혀 줄 만했다. 꾸미고 다듬은 듯 매끈한 서울 인심의 얄팍함도 그 투박한 문 앞에 가면 잊을 수 있었고 가꾸지 않은 잡초의 한가로움이 긴장으로 가쁜 숨결을 다스리게 해 줬다.

오랫동안 떠나 있어서 지금은 어떻게 변했는지도 모를 그 길목이 그리워진다. 한동안은 그 정밀하나 소탈한 후문이 있는 길목에서 마음을 정화시키기도 했고, 무관심 속에서 풋풋하게 자라는 풀꽃들의 모습에서 시적인 영감이 떠오를까 하고 나만 아는 정서적인 오솔길로 삼기도 했었다.

나는 아직도 후문에 대한 이런 미련 때문인지 웅장하거나 활짝 개방되는 정문보다도 은근한 후문을 찾게 되고 그 정감을 아쉬워한다. 넓고 공개적이어서 물러서게 하는 정문을 피하려는 것은 어느새 정면도전을 꺼리게 될 만큼 나이가 든 무기력 탓인가 하고 씁쓸해지기도 하지만.

20년도 더 지나 버린 지금, 옛날의 그 후문을 찾아보면 어떤 마음일까. 험난한 세계를 끝까지 따라가야 하듯이 금원의 기나긴 담장을 따라가 보면 다다를 수 있는 작은 후문. 맞서서 대결하기보다 지혜를 마련하려는 여유처럼 돌고 돌아서 다다르는 길목 끝에서, 끝이 아닌 다른 삶의 시작이라는 생각의 전환이 가능할까.

나는 여기까지 온 김에 그 후문을 한 번 찾아가 볼까 하는 호기심이 일었지만 한편 두려운 마음이 앞선다. 과연 그 후문의 모습은 예전대로일까. 아니 그보다도 같은 모습을 보는 내 느낌이 그때처럼 편안할 수 있을까, 의구심이 들면서 나도 모르게 반대편 길로 건너고 말았다.

저만치서 천천히 다가오는 장의차 행렬. 놀랍게도 좀 전에 길을 묻던 여인이 장의차를 어루만지며 따라오고 있었다. 흐느끼며 발길을 못 가누자 뒷편에서 누가 나와 차에서 손을 떼어내고 부축을 해 준다. 번듯하게 차에도 못 오르고 울부짖으며 매달리는 여인의 슬픔은 어떤 것일까.

이승을 마감하고 저승으로 떠나는 곳도 후문이구나 하고 아연한 모습으로 서 있노라니 굵은 빗방울이 차갑게 볼에 닿는다.

끝은 언제나 시작이고 스러지는 것은 깨어남의 예고라는 것을 시사하는 것인가. 문득 코끝으로 향내음이 끼쳐오는 대학병원 후문.

(1986.)

1940년　4월 14일(음 3월 7일) 충남 강경읍 홍교동에
　　　　서 태어남. 아버지 柳雄烈, 어머니 尹錫順의 3
　　　　남 2녀중 장녀.
　　　　동네에 살던 화교와 일본인들이 할머니께 가져
　　　　온 월병·창포잎에 싼 찰밥·생과자와 어묵 등
　　　　별미, 그리고 그들의 서툰 우리말을 유년시절
　　　　의 진기한 기억으로 지니고 있다.
　　　　일찍이 문명의 혜택이 물씬했던 중앙로, 조금
　　　　벗어나면 너른 강경평야와 금강하류, 길게 이
　　　　어진 푸르른 둑에서 도회와 향토의 정서를 키
　　　　웠다. 10리쯤 떨어진 나바위성당, 일찍이 김대
　　　　건 신부가 포교하던 곳에 세워진 성당에서 바
　　　　람결에 실려오는 종소리는 잡힐 듯 닿을 듯한
　　　　꿈을 품고 자라게 하였다.
1949년　강경중앙국민학교 4학년 때 올곧은 성장과 진
　　　　취적인 삶을 설계하도록 일깨워주신 담임 심연
　　　　봉 선생님을 만나다.
1953년　강경여중 1학년을 마치고 공주여중으로 전학하

다. 다시 중학교 3년 2학기 때 대전여중으로
전학하여 중학교 교적이 세 군데나 됨.
1955년 충남고등학교(당시 대전서여고) 입학후, 친구
들과 선생님 몰래 영화구경을 다님. 「로마의 휴
일」, 「성의」, 「돌아오지 않는 강」 등이 인상적이
었다.
2학년 때 교내 문예콩쿨에서 시 「기러기」가 우
수작으로 뽑혀 고광수 선생님한테서 문과대학
진학 권유를 받았다.
1958년 친구들과 함께 E여대에 진학하고 싶었으나 2년
제 사범대학 진학을 강권하는 아버지의 뜻대로
세종대학(당시는 수도여자사범대학) 국문과에
입학. 졸업후 조교로 2년간 근무.
1962년 동국대학교 국문과 3년 편입.
양주동 서정주 조연현 이병주 교수 등 석학과
문단중진들이 이뤄놓은 학풍과 문학의 향훈 속
에서 수학할 수 있었던 것은 지금 생각해도 행
운이다.
1964년 1월 월간 「여원」의 신인여류상 시부문 최종심
에 오름. 2월 동국대학교 4년 졸업.
1967년 문화방송에 입사. 라디오 프로듀서.
1968년 1월 경향신문 신춘문예 시부문 「아가」가 최종
심 2편에 오름.
문학과는 관계 없이 여성PD라는 희소가치 때
문에 원고청탁을 많이 받아 수필아닌 잡문기고

를 하게 됨.

1972년　기록되지 않는 전파매체의 허무를 느껴 산문집
　　　　『돌아오지 않는 메아리』 출간(홍은출판사).
　　　　월간 「수필문학」 12월호에 신인가작 「청개구리
　　　　의 변명」으로 수필계에 데뷔.

1973년　한국수필가협회 회원.
　　　　「수필문예」에 수필 「종소리」 수록. 정식으로
　　　　수필 쓰는 자세를 가지려고 함.

1974년　한국수필 75인집 『우리가 잃어가는 것들』(한국
　　　　수필가협회편, 범우사 간)에 「종소리」 수록.

1975년　한국수필문학대전집 제20권(범조사 간)에 「달
　　　　빛에 담는 사연」 외 6편 수록.

1976년　월간 「수필문학」 2월호에 「병풍 앞에서」, 11월
　　　　호에 「바가지」 발표로 한국적인 미의식을 담은
　　　　작품으로 평가 받음. 70년도 중반부터는 경제
　　　　성장으로 잊혀져 가는 전통적인 미의식과 가치
　　　　를 추구하는 수필을 주로 씀.
　　　　한국여성문학인회 · 한국문인협회 · 한국수필문
　　　　학진흥회 회원.

1977년　소속되어 있는 문화방송이 경향신문과 합병,
　　　　이력서를 다시 쓰지 않고도 다른 매체에 옮길
　　　　수 있다는 단순한 발상으로 경향신문사 편집2
　　　　국 기자로 이적.
　　　　제2수필집 『거울 속의 손님』(동서문화원) 출간.

1979년　2주일 동안의 해외출장으로 일본 · 대만 · 태

국·홍콩 등을 돌아봄.

1981년　수필문우회 창립회원, 국제펜클럽 한국본부 회
　　　　원, 수필문학진흥회 이사.
　　　　주식회사 문화·경향이 분리되어 문화방송으로
　　　　돌아옴.
　　　　여성 수필가 9인공저 『진달래와 흑인병사』(범
　　　　우사) 편집·출간.

1982년　수필집 『세월의 옆모습』(범우사) 출간으로 제4
　　　　회 현대수필문학상 수상.

1983년　동국대학교 대학원 국문과에 입학·「고전수필
　　　　삼관긔고」 논문으로 석사가 된 것은 1988년.

1984년　동아일보 「여성칼럼」 집필.

1985년　수필집 『어머니의 산울림』(교음사) 출간.

1986년　서울신문 칼럼 「굄돌」 집필.

1988년　한국여성문학인회 이사

1990년　김후란 외 여성문인 13인이 털어놓는 나의 아
　　　　버지 『상사꽃 아버지』(언어문화사)에 「한 손을
　　　　높이 쳐들면」 수록.

1992년　수필집 『절반은 그리움 절반은 바람』(제3기획)
　　　　출간.
　　　　제29회 한국문학상(한국문인협회 주관) 수상.
　　　　방송작가협회 「러시아·동구탐방」에 참가. 철
　　　　의 장막 안에 숨겨져 있던 보석들을 경이롭게
　　　　본 감동여행.

1993년　제1회 방송문화진흥대상 라디오 부문 수상, 부

상으로 유럽 여행.

서울신문「굄돌」집필.

1995년　수필소재의 폭을 넓혀 클래식 명곡을 소재로
한 음악에세이를「월간 에세이」에 연재(1995.
11.~1997. 12.)

1997년　제15회 한국수필문학상(한국수필가협회) 수상.
문화방송 라디오국 부국장 대우 PD.

1998년　음악에세이『음악의 숲에서』(한울) 출간
제25회 한국방송대상 라디오PD 부문 수상.
문화방송 정년퇴임.

1999년　7월　수필선집『꿈꾸는 우체통』(선우미디어)
출간.

2000년　5월 방송위원회 보도교양부문 제1심의위원.
12월 수필선집『종소리』(교음사) 출간.

2002년　5월 방송위원회 '이달의 좋은 프로그램'(2002
년 4월까지).
7월 수필집『자유의 금빛날개』출간.
9월　제18회　펜문학상(국제펜클럽　한국본부)
수상.
12월 한국수필문학가협회 부회장.

2003년　『자유의 금빛날개』문예진흥원 우수도서 선정.
8월　방송위원회　연예·오락부문　문제1심의위
원.

유혜자 수필선

꿈꾸는 우체통

1판 1쇄 발행/1999년 7월 15일

1판 2쇄 발행/2004년 7월 1일

지은이/유혜자

펴낸이/이선우

펴낸곳/도서출판 선우미디어

등록/1997. 8. 7   제2-2416호

100-193 서울 중구 을지로3가 104-10
신성빌딩403 ☎ 2272-3351, 3352 팩스: 2275-9493

Printed in Korea ⓒ 2004 유혜자

값/4,000원

잘못된 책은 바꿔 드립니다

ISBN 89-87771-32-6 04810
ISBN 89-87771-09-1 (세트)